THE CRYING BOOK

옮긴이 오윤성

서울대학교 미학과를 졸업한 뒤 이화여자대학교 통번역대학원에서 석사 과정을 마쳤다. 편집과 번역을 오가며 책을 만들고 있다. 옮긴 책으로 『권력 쟁탈 3,000년: 전쟁과 평화의 세계사』, 『고독을 잃어버린 시간』, 『보이21』, 『레너드 번스타인의 음악의 즐거움』, 『크리에이티브 드로잉』 등이 있다.

THE CRYING BOOK

추천사

나만의 울음 지도를 그린다면 어떤 모습일까

_이다혜(씨네21 기자, 작가)

"부모가 우는 모습을 지켜볼 때의 그 막막함을 기억하는가?"

헤더 크리스털의 『더 크라잉 북』은 울음과 관련한 여러 질문과 사색의 문장들로 이루어진 책이다. 몇 페이지 넘기지 않아 곧 우리는 세계가 울음으로 가득 차 있음을 알게 된다.

한 명이 옆에 있을 때는 울 수 있지만 두 명 이상 있을 때는 울었다가 기분이 더 나빠질 수 있다든가, 훌쩍거리다 보면 지나치게 비극적인 기분에 빠져들지 않을 수 있으므로 "코가 있어 다행이다"라는 울음의 심리학은 삶의 많은 순간들을 회상하게 한다. 차 근처에서 울 때는 위로할 수 있지만 차 안에서 우는 사람은 도울 수 없다. 비 오는 날 차 안에서 울 때 와이퍼가 움직이면 와이퍼가 얼굴을 어루만지는 것 같다….
개인의 비극은 울음이라는 형태로 외부에 알려지곤 한다. 하지만 인간은 울면서 태어나고, 울음이 슬픔만을 의미하는 것은 아니기 때문에, 『더 크라잉 북』은 슬픔의 사전이 아니라 마음이 혹은 몸이 크게 출렁인 순간들을 수집한 책이 된다.

평행 울음. "예술과 함께 시작되지만 꼭 예술 때문에 시작되는 것은 아닌 울음." 인간은 보이는 대로 보기보다 보고자 한 것을 보려고 하며, 그리하여 예술은 종종 마음이 기댈 수 있는 평행선이 되어 준다. "평행선은 히치콕적이다. 폭탄은 거기 있는 것으로 충분하다." 밤에 울음이 많아지는 현상에 대해서는 뭐라고 할 수 있을까? 피곤해서. 그것은 이유의 하나다. 울음에는 절대 '그냥'이 없다.

울음 혹은 울음처럼 보이는 얼굴들을 우리는 최루탄이 쏘아진 시위 현장에서 자주 보게 된다. 나도 떠올릴 울음이 있다. 1980년대의 한국, 우리 집 근처에는 유난히 시위가 잦은 대학교가 있었다. 초등학생이던 나는, 우리는, 모두 최루탄이 터졌을 때의 행동 요령을 알고 있었다. 숙달되었다. 『더 크라잉 북』의 말을 빌리면 "최루가스에 맞았을 때의 대응법(찬물로 헹구기, 바람 부는 쪽 향하기 등) 가운데 제일 어려워 보이는 것은 침착하게 행동하기이다." 우리 학교 아이들은 최루탄이 매캐하게 공기 중에 가득할 때야말로 침착할 줄을 알았다. 모두 생리적인 눈물을 흘리고 있었지만 그것을 손으로 닦아서는 안 된다는 사실을 모두가 알고 있었다. 물을 사용할 수 있는 곳이 나타날 때까지. 가끔 우리보다 더 어린 학생들이 따갑고 매운 얼굴을 만지다가 크게 울음을 터뜨리곤 했다.
“만지지 마!” 울지 말라는 말은 할 수 없었다. 우리들의 얼굴도
눈물범벅이었으므로.

울음이라는 말을 듣고 아이와 여성을 떠올리는 전형적이고
나태한 사고를 『더 크라잉 북』은 차례로 격파해 간다.
유색인에게 나타나는 울음의 특징을 탐구하는 부분은
인종차별과 관련한 각종 뉴스를 떠올리게 한다.
페미니스트들에게 여성의 울음이라는 주제는 주방이라는
공간과 밀접한 관련이 있는 듯 보인다. 하지만 주방을 없앤다
한들 눈물이 줄어들 리가 없다. 때로 사람들은 울기 위해
교회에 간다.

한 번이라도 울었던 모든 장소를 지도로 그려 본다면
어떤 모습일까.
당신의 울음 지도를 그린다면, 가장 많이 젖어 변색된 부분이
어딘지 알 수 있을 것이다.
거기에는 사랑이 있는가 사랑의 흔적만 남았나.
사랑이 없었나.

『더 크라잉 북』은 우리의 상상력을 자극하고 기억 속 울음을
발굴할 만큼은 충분히 말하지만, 독자를 울리려는 의도는 없다.
이 책의 가장 아름다운 지점은 그것이다. 제목을 보고 당신이
무엇을 기대했든, 이 책은 당신을 울리기 위해 쓰이지 않았다.
울고자 한다면 적극적으로 당신의 기억을 파고들어야 한다.
당신의 울음 지도를 펼쳐야 한다. 그리고 『더 크라잉 북』의

페이지 속에서 울려던 마음은, 이 책이 울음에서 멈추는 대신 가능성을 다시 상상할 수 있게 하는 방향으로 창을 냈다는 사실을 발견하는 순간 조금은 위로받을지도 모르겠다.

CONTENTS

일러두기

1. 본문에 등장하는 도서는 『』, 시·단편소설·짧은 글은 「」, 그림·영화는 〈〉, 잡지는 《》으로 묶어 표시했다.
2. 저자 주석은 미주로 표기했고, 역자·편집자 주석은 각 페이지 하단에 표기했다.
3. 인명과 지명은 국립국어원 외래어표기법을 따르되 원어 발음을 고려하여 표기했다.
4. 성경 번역은 개역 개정판을 따랐다.
5. '이 책에 나오는 주요 작가들'은 독자의 이해를 돕기 위해 편집부에서 작성한 것이다.

작가 노트

지금까지 내가 한 번이라도 울었던 모든 장소를 지도로 그려 보면 어떤 모습일까, 하는 실없는 생각이 떠오른 것은 5년 전의 일이다. 친구들과 이 아이디어에 관해 이야기할 때만 해도 이 글을 이렇게 오랫동안 길게 쓰게 될지는 몰랐다. 글을 쓰는 과정에서 눈물에 관한 생각이 이렇게 달라질지도 몰랐다.

이 책은 그 시간의 기록, 내가 배운 것들의 기록이다. 나는 물론 지금도 계속 배우고 있다.

책을 쓰는 내내 친구들과 울음에 관해 이야기하면서 그들의 지성과 연민, 유머, 인내심을 빌렸다. 그들이 있었기에 이 책을 쓸 수 있었다. 그들의 이름은 내 머릿속에, 우리의 대화에 스스럼없이 등장하듯이 이 책에도 자연스럽게 등장한다.

살면서 고마움을 느끼는 여러 상황 중에서도 나는 이 친구들과의 우정에서 특히 밝은 빛을 느낀다. 이들이 존재하기에 당차게 미래를 향하게 되고, 앞으로 그들과 나눌 수많은 대화를 상상한다.

어떤 사람은 잔잔히 흐느낄 줄 알고, 울고 나면 오히려 더 아름다워진다. 그러나 대체로 사람은 한번 크게 울고 나면 원래의 얼굴 밑에 병든 얼굴이 하나 더 숨어 있었던 것처럼 못생겨지며, 특히 눈이 퉁퉁 부어 거의 안 보이게 된다. 어디서 얻어맞은 얼굴이 되기도 한다. 우리는 그런 얼굴이 된다. 나는 그런 얼굴이 된다. 초등학교 5학년 때, 지금은 기억나지 않는 이유로 학교에서 울었는데, 인기 많은 (꽁지머리에 스케이트보드를 타는) 남자애가 나더러 **약쟁이 얼굴** 같다고 했다. 난 누가 날 보아 준 게 너무 기뻐서 그 말을 한 번 더 해 달라고 했다.

오비디우스는 나를 비롯한 여자들이 감정을 억누르기를 바랐다.

> 예술에는 한계가 없다. 울 때도 어여쁘게 울어야 하며,
> 눈물을 흘릴 때도 적당히 통제하며 흘리는 법을 익히도록.[1]

울음은 길이가 중요하다. 나는 긴 울음을 특별하게 여긴다. 길게 울다 보면 그새 호기심이 생겨 거울을 들여다보면서 내 몸의 슬픔을 관찰하게 된다. 진실로 힘찬 울음은 이런 과학적인 관찰 활동에도 굴하지 않는다. 고개를 푹 수그린 채 비틀비틀 화장실에 들어간 다음 용기를 끌어모아 고개를 들고 거울을 들여다보면, 그 안의 나는 딸꾹질을 하느라 어깨가 들썩거리고 코는 평생 술독에 빠져 산 사람처럼 빨갛다. 그러다 퉁퉁 부은 얼굴을 만져 보기도 하고 충혈된 눈을 한쪽씩 살피기도 하지만, 가장 특별한 것은 이 움직임 자체이다. 애써 절망을 삼키려 하는 입을 지켜보는 일. 눈으로 본 뒤에는 '난 널 방해하려는 게 아니야'라고 울음을 설득하기가 쉽지는 않지만, 조용히 찬찬히 마치 제인 구달이 침팬지를 대하듯 설득하다 보면 울음이 서서히 나에게 적응한다. 이윽고 울음이 돌아온다.

💧

우느냐 마느냐는 때로 선택의 문제이고, 둘 중 어느 쪽이 나은지는 도저히 알 수 없다. 아니, 때로는 알 수도 있다. 혼자 있을 때나 누군가와 단둘이 있을 때는 울어도 좋다. 주위에 두 사람 이상 있을 때는 울었다가 기분이 더 나빠질 수도 있는데, 이는 사람들이 어떻게 반응하느냐에 따라 달라진다고 '성인의 울음에 관한 다국적 연구'에 나와 있다. 사람들 앞에서 부끄러움을 느끼는 경우도 있다. 하지만 대부분의 경우 사람들은 우는 사람에게 연민을 보인다. 앞서 말한 연구에서는 그러한 연민 반응의 하위 항목으로 "위로의 말, 위로의 팔, 공감"을 들었다.[2] 이 중 위로의 팔은 혼자일 때도 느낄 수 있다. 두 팔로 스스로를 안아 주면 된다.

코가 있어 다행이다. 눈물과 콧물이 뒤범벅될 때는
지나치게 비극적인 기분에 빠져들기 어렵다. 팽팽 코를 풀어야
하는 상태는 조금도 근사하지 않으므로.

한번은 난데없이 공공장소에서 이별을 통보받았다.

어느 오후, 한 대학교 주차장에서였다. 나는 울음을 입 속에 욱여넣었다. 차를 향해 성큼성큼 걷는 동안 울음이 흔들리는 것이 느껴졌다. 차에 들어가서는 울음이 북쪽으로 올라가 눈으로, 남쪽으로 내려가 들썩이는 배로 번지도록 놔두었다. 차는 은밀한 울음 공간이다. 어떤 사람이 차 **근처**에서 울고 있을 때는 나서서 도와줄 수 있다. 그러나 차에 **들어가** 울고 있다면, 그는 이미 도울 수 없는 사람이다.

지금까지 두 번, 운전하면서 미친 듯 운 적이 있다. 처음은 열여섯 살 때. 도로 통행료를 낼 돈이 없었고, 앞으로 어떻게 버텨야 할지 알 수가 없었다. 두 번째는 스물한 살 때, 이사하다가. 차에 짐을 가득 싣고 한 시간을 달렸는데 갑자기 잘못된 길로 가고 있다는 걸 깨달았다. 비가 올 때 차 안에서 울면 마치 앞 유리의 와이퍼가 얼굴을 어루만져 주는 것 같다. 위로의 말, 위로의 팔, 그리고 위로의 와이퍼.

나는 앨리스 오즈월드가 『메모리얼Memorial』을 낭독하는 것을 듣다가 울었다. 호메로스의 『일리아스Ilias』에 나오는 전사들을 주인공으로 삼아, 그들 한 사람 한 사람의 죽음을 기리는 작품이다. 나는 친구가 갓난아기를 안고서 자신의 어머니 실리아와 나눈 이야기를 들려주었을 때 울었다. 내 친구는 어느 날 아들의 발을 씻겨 주지 않아도 되는 날이 오리란 걸 깨달았고 그 생각에 상처받았다. 친구가 "혹시 엄마도 아직 그게 그리워?" 하며 묻자 어머니는 "내 아기의 발을 씻겨 줄 수 있다면 뭐든 내 줄 수 있어."라고 대답했다고 한다. 그 대화를 이렇게 적고 있자니 그건 너무도 비굴한 삶이 아닌가 싶다. 하지만 귀로 들었을 때는 울지 않을 수가 없었다. 나는 모성에 약하다. 나는 출산 장면(픽션이든 논픽션이든)을 보면 반드시 운다. 체육관에서 스텝퍼를 밟는 동안 소리는 들리지 않는 어떤 감동적인 영화의 예고편을 보며 운 적이 있다. 나는 동생이 메인주로 이사 갈 때 차가 100미터쯤 멀어질 때까지 기다렸다가 울었다. 나는 분하게도 군중 앞에서 울었다. 죽은 친구 빌을 위해 쓴 시를 읽다가. 빌이 그 모습을 보았다면 웃음을 터뜨렸을 텐데. 빌은 그런 내 모습을 좋아했을 것이다.

◆

부모가 우는 모습을 지켜볼 때의 그 막막함을 기억하는가?

◆

빌이 죽었을 때 나는 어느 박물관에 가서 울었다.

♦

난 어렸을 때 코피를 심하게 흘리곤 했다. 때로는 피가 응고되기 시작해서 콧길이 막히면 눈으로 피눈물이 났다.

♦

감정적인 눈물과 신체적 불쾌함이 유발하는 눈물은 화학적으로 다르다. 사람은 감정적 눈물의 냄새를 맡으면 성적 흥분이 줄어든다.[3] 나는 섹스 도중에 울기 시작한 적이 있다. 섹스 때문은 아니었고, 스피커에서 흘러나오던 벨 앤 서배스천의 노래가 별나게 감상적이어서 그랬다. 사람은 예술 때문에, 특히 음악 때문에 운다. 음악 다음으로 사람을 울리는 예술은 시이다.[4] 심지어 건축물도 사람을 울린다.[5]

'울기'는 사람이 태어나 가장 먼저 하는 일이다. 1708년 윌리엄 더럼은 《왕립학회 회보》에 자궁에 있을 때부터 울기 시작한 인간이 적어도 한 명은 있다고 썼다. 이에 독자들은 회의적인 반응을 보이며 그 소리는 분명 "내장이나 자궁이 꿀럭대는 소리이거나 여성적 상상력의 소산"일 거라고 했다.[6] 더럼에 따르면, "그 남아는 배 속에서는 5주 동안 거의 하루도 빼놓지 않고 적게든 많게든 울었는데 태어난 순간부터는 매우 조용했다".[7]

♦

나와 빌은 둘 다 뉴욕시에 살던 시절 어느 시 낭독회에서 처음 만났고, 다음에 다시 만나서 시에 관한 이야기를 나누며 친구가 되어 보자고 약속했다. 우리가 마침내 재회한 곳은 유니언 스퀘어 근처의 허름한 바였다. “나 임신했어.” 난 이렇게 말하고 술을 주문했다.

♦

낙태를 한 뒤 몇 주가 지나도록 출혈이 멈추지 않았다. 어느 날 저녁에는 피를 너무 많이 흘려 겁이 났다. 병원에 전화했더니 응급실에 가라고 했지만 난 돈이 한 푼도 없었다. 빌에게 전화했더니 그가 우리 집으로 오겠다고 했다. 그날 밤 빌은 내 옆에 누워 울고 피 흘리고 또 우는 나와 함께 있어 주었다. 그날 밤 우리는 처음이자 마지막으로 키스를 했다.

리사가 평행 울음에 대해 설명한다. 예술과 함께 시작되지만 꼭 예술 때문에 시작되는 것은 아닌 울음. 플롯은 그 자체로는 우리 눈에서 눈물을 뽑아내지 못한다. 어떤 다른 힘이 함께 작용한다. 나는 늘 수직선보다 평행선을 좋아한 사람이라 평행 울음이 마음에 든다. 수직선은 체호프적이다. 이야기에 등장한 총은 반드시 총알을 발사한다. 평행선은 히치콕적이다. 폭탄은 거기 있는 것만으로 충분하다.

♦

대부분의 울음은 밤에 생긴다. 사람들은 피곤해서 운다.
하지만 우는 사람을 보고 "그냥 좀 피곤해서 저러는
거야."라고 말하는 건 얼마나 끔찍한 일인지. 피곤해서, 맞다.
하지만 **그냥**이라고? 사람은 절대 그냥 피곤해서 울지 않는다.

해가 짧은 어느 겨울날, 어머니가 우는 모습을 지켜보았던 기억이 남아 있다. 어머니가 왜 그렇게 슬퍼했는지는 기억나지 않는다. 어쩌면 이유 따윈 없었을 것이고 그저 그때의 공기 때문이었을 것이다. 상선을 타는 아버지는 바다에 나가 집에 없었고, 나와 동생은 곁을 떠나지 않으며 끝없이 어머니를 귀찮게 했다. 햇빛이 모든 표면을 맹습하던 그 밝은 방의 기억이 여전히 남아 있다.

1970년 켄트주립대 학살 사건* 당시, 한 목격자는 학우들의 죽음을 목도한 이들의 울음을 독가스 때문으로 착각했다. 애초에 주 방위군이 시위대를 향해 쏜 것이 바로 **최루가스**였기 때문이다. 수년 후 이 목격자는 한 인터뷰에서 이렇게 말했다.

> 대체 내가 왜 그랬는지 몰라도 그냥 최루가스 때문이었다고만 생각했습니다. 저 구급차들은 어디로 가는 건지, 구급차가 왜 저렇게 많은 건지, 사람들이 왜 저렇게 소란스럽고 왜 저렇게 바삐 움직이는지, 사람들이 왜 저렇게 울어대고 서로 껴안고 히스테리에 빠져 있는지 난 아무것도 알지 못했어요. 나는 계속 걷기만 했습니다. (···) 사람들이 나를 집에 데려다주었습니다. 셸리와 마크가 태워다 줬어요. 어머니가 집 앞에 서서, 울면서 나를 기다리고 있었습니다. 그날 나도 학교에서 죽었다고 생각한 거예요. 어머니는 계속 울기만 했습니다. (···) 집에 들어간 뒤의 일은 기억조차 나지 않아요. 어머니가 엄청 울었다는 것밖에는. 나 자신은 조금도 울지 않았습니다.[8]

주 방위군이 학생들에게 최루탄을 쏘았다. (그들의 표현에 따르면 '모종의 가스를 사용했다'.) 학생들이 그것을 되던졌다. 자기 보호의 행위, 반항의 행위로서. **노 땡큐. 우리는 이것을 받지 않겠다** 하는. 복수심에 격앙된 군인들이 M1 소총을 조준했다.

* 1970년 5월, 오하이오주 켄트시에 있는 켄트주립대학에서 주 방위군이 비무장 학생시위대에 실탄을 발포한 사건이다. 당시 리처드 닉슨은 베트남 철수를 공약으로 내세워 대통령에 당선되었지만, 이를 이행하기도 전에 캄보디아를 침공했다. 그 결과 미국 전역의 대학가에서 시위가 시작되었는데, 켄트주립대도 예외가 아니었다. 시위가 거세지자 급기야 오하이오주 방위군이 개입하기에 이르렀다. 이들은 학생들에게 67발의 실탄을 쏘았고, 학생 4명이 죽고 9명이 부상당하는 참혹한 사건이 발생했다.

최루가스에 맞았을 때의 대응법(찬물로 헹구기, 바람 부는 쪽 향하기 등) 가운데 제일 어려워 보이는 것은 **침착하게 행동하기**이다.

아래는 켄트주립대 학살 사건을 상징하게 된 사진이다.
14세 학생이 희생자의 시신 곁에 무릎을 꿇고 있다.
온몸으로 비통한 질문을 던지면서.

♦

눈물은 무력함의 표시이며 '여자의 무기'이다. 이 전쟁은 아주 오래전에 시작되었다.

♦

네덜란드의 한 대학 디자인과에 다니던 첸이페이는 자신을 자꾸 다그치는 교수 때문에 운 뒤, 위의 은유를 문자 그대로 해석하는 작업에 착수했다. 그는 눈물을 모으고 얼려서 발사하는 놋쇠 총을 설계했다. 작은 얼음 총알. 첸은 졸업 전시회에 이 작품을 출품했고, 전시장에서 이 총으로 학과장의 머리를 겨눌 기회를 얻었다.[9]

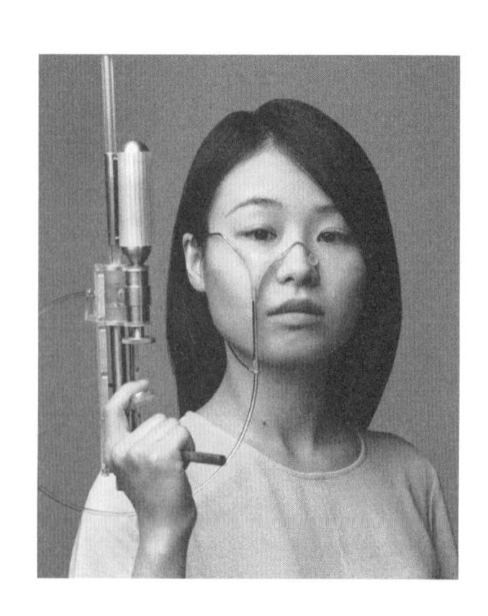

‘울음 전문가’ 애드 핀헤르후츠의 『왜 인간만이 흐느끼는가Why Only Humans Weep』를 읽다가 기분이 상한다. 방대한 연구와 상세한 서술이 돋보이는 책이지만 저자가 가혹하다 싶을 정도로 연민과 놀라움을 배제하는 것 같아서. 하지만 그때, 갑작스러운 선언에 매혹된다. “모든 눈물은 진짜 눈물이다.” 다만 어떤 눈물은 “억지 눈물”일 수 있다고 핀헤르후츠는 말한다.[10]

우리는 타인의 눈물이 자연스러운 눈물인지 억지 눈물인지 꼬치꼬치 따진다. 때로는 자신의 눈물까지 의심한다. 소설가 조 웬더로스는 『웬디스에 보내는 편지Letters to Wendy's』에서 웬디스 같은 패스트푸드 식당에서 아이들이 전략적으로 우는 울음에 관해 이야기한다.

> 아이 어머니는 나에게 이건 절대로 진짜 슬픔이 아니라고, 꾸며 낸 슬픔이라고 설명했다. 이건 뭔가를 얻어 내려는 슬픔이에요, 라고. 그 말을 듣고 생각했다. 나에겐 꾸며 낸 슬픔이 아닌 것이 있나? 그리고 스스로에게 물었다. 난 무엇을 손에 넣으려고 매일같이 이 꾸며 낸 슬픔을 분비하고 있는 걸까? 답을 찾을 수 없었다. 그리하여 나는 진짜 슬픔을 느꼈다.[11]

꾸며 낸 슬픔을 나타내는 말이 또 있다. **울음 강짜(cry-hustling)**. 시인 첼시 미니스가 만든 말이다.(시인의 이름 역시 본명이 아닌 글 쓰는 자의 예명, 용사勇士의 가명이다.)

> 한 여자가 한 남자에게 울음 강짜를 부리고 있는데, 정말 재미있다. 울음 강짜는 해서 얻을 게 있으니 하는 것….

달리 할 수 있는 일이 아무것도 없어서 하는 것이다.

그 누구도 당신의 합리적인 발언에 동의해 주지 않기 때문에….

그 모두가 반론만 제기하기 때문에….

그럴 때 당신은 울음을 터뜨리며 강짜를 부리는 수밖에 없다….[12]

♦

백인 여자의 눈물은 유독 의심받는다. 여태 그들이 눈물을 무기 삼아 유색인에게, 특히 흑인에게 휘두른 일이 많았기 때문이다. 그들의 눈물은 진짜 눈물, 그러니까 실제로 분비된 눈물일 때도 있지만 상상의 눈물, 은유의 눈물일 때도 있다. 얼굴에 흐르든 머릿속에 흐르든 백인 여자의 눈물은 그 주변 공간의 중력을 바꾸어 놓는다. 그들의 눈물은 다른 이들로 하여금 달려와서 돕게 만들고, 감히 그들을 울린 자를 나무라고 처벌하게 만든다.

♦

언어적으로 보면 **울다**(cry)는 더 시끄럽고, **흐느끼다**(weep)는 더 축축하다. 영어를 배우는 사람에게 두 단어의 차이를 설명할 때는 보통 '흐느낌'이라는 단어가 더 격식 있고, 일상 회화에서 쓰기에는 다소 고풍스럽게 들린다고 말한다. 과거형을 발음해 보면 그 차이가 뚜렷하게 느껴진다. **'울었다**(cried)'는 평범하게 들리지만 **'흐느꼈다**(wept)'는 벨벳 망토 같다. 어렸을 때 나는 '꿈꾸다(dream)'의 과거형은 **dreamed**뿐이지 **dreamt**라고 해선 안 된다고 우기는 교사와 언쟁한 적이 있다. 물론 그 선생은 언어학적으로나 도덕적으로나 다 틀렸지만, 그 사건 이후로 나는 t로 끝나는 과거형 동사에 특별한 애착을 가지게 되었다.
weep, wept, sleep, slept, leave, left. 이런 단어들에는 끝의 감각이, 조용한 완성의 느낌이 있다. d로 끝나는 동사로서는 결코 꿈꿀 수 없는.

「흐느낌Weeping」이라는 시에서 로스 게이는 weep이라는 말이 원시인도유럽어의 어간 'wab-'('소리치며 울다')에서 비롯됐음을 알고 그 어원을 추적해 상상을 더하여 그 뜻을 다음과 같이 꾸며 낸다.

> 그 의미는 꽃봉오리가 열릴 때 나는 바로 그 소리
>
> 어둠 속에서 씨앗이 쪼개질 때
> 그 작은 소동이 내는 소리, (…)[13]

나는 내 안의 거대한 기운을 느끼며 잠에서 깨곤 한다. 하지만 그것이 울고 싶은 충동인지 아니면 시를 쓰고 싶은 충동인지 아니면 누군가를 범하고 싶은 충동인지 구분이 되지 않는다. 혹은 그 전부일까? 내 몸과 이 충동은 서로 연결되어 있다.

나는 울지 않고 며칠을 보내다 어느 날 아침 평소보다 훨씬 일찍 잠에서 깬다. 우리는 얼마 전에 이 집으로 이사한 참이라 침대 위 천장에 뚫린 창문이 아직 익숙하지 않고, 그것을 때리는 빗소리가 다시 잠들려는 나를 붙잡는다. 주방에 가서 커피를 끓이는 동안 BBC 월드 서비스에서 L. D.라는 남자에 관한 이야기를 듣는다. 제2차 세계대전 때 그가 탄 배가 뒤집혔다. 조난신호를 보냈으나 수신되지 않았고, 살아남은 선원들은 구명조끼만 입고 며칠이나 바다에 떠 있었다. 이윽고 상어가 나타나자 그들은 죽은 사람부터 먹이로 던져 주었고 그다음엔 산 자를 내놓았다. 내가 그다음 차례가 아니길 바라는 것 말고 할 수 있는 일은 아무것도 없었다고 L. D.는 말한다.

아직 밖이 어두우니 커튼을 젖힐 필요가 없지만, 그래도 난 이른 시간에 깨어 있을지 모를 다른 누군가가 불 켜진 이 집을 볼 수 있도록 커튼을 젖히고, 그러면서 내가 이런 일을 겪었다면 그처럼 상황에 순응하지 못했으리라고 생각한다. 나라면 포기했을 것이다.

며칠이나 탈수에 시달리던 선원 하나가 구명조끼를 벗고
태평양 속으로 헤엄쳐 들어갔다. 조금만 내려가면 배의 급수
시설에 닿으리라는 망상에 사로잡혔던 것이다. 그는 목마름을
채워 너무나 행복한 기분으로 다시 물 위로 돌아왔고
곧 죽었다. 소금물을 삼켰음을 의미하는 갈색 거품을 입가에
묻힌 채.

나흘간의 조난 끝에 마침내 해군이 띄운 비행기가 선원들을
발견했다. 구조대가 L. D.를 안전한 곳으로 끌어 올렸을 때,
아마도 그는 기쁜 울음을 내뱉고 싶었을 것이다. 그러나
그의 몸에 눈물이 될 물기가 남아 있긴 했을까.[14]

어느 밤, 방 한구석에 한 소년이 앉아서 울고 있다. 자신의 그림자를 찾아내 그것을 비누로 다시 몸에 붙이려 했지만 도저히 붙지 않았기 때문이다. 자고 있던 소녀가 깨어 이것저것 물어보다가 소년에게 엄마가 없다는 사실을 알게 된다. 소녀는 깜짝 놀라 참을 수 없는 연민을 느낀다.

> 웬디: 피터! (침대에서 튀어나와 두 팔로 소년을 감싸지만, 소년이 뒤로 물러선다. 이유는 알 수 없지만 물러서야 할 것만 같다.)
>
> 피터: 나를 만지면 안 돼.
>
> 웬디: 왜?
>
> 피터: 그 누구도 절대로 나를 만져선 안 돼.
>
> 웬디: 왜?
>
> 피터: 몰라. (극 중의 그 누구도 소년을 만지지 않는다.)
>
> 웬디: 그래서 울고 있었구나.
>
> 피터: 울고 있지 않았어. 하지만 그림자를 붙일 수가 없어.[15]

♦

얼굴엔 눈물이 줄줄 흐르는데 자긴 우는 게 아니라고 부정하는 사람이 얼마나 많은지, 이런 농담까지 생겼다. 유튜브에서 "I'm not crying(나 우는 거 아니야)"을 검색하면 나타나는 위쪽부터 수백 개의 영상에서 사람들(주로 학교 학예회에 나선 어린이)이 플라이트 오브 더 콩코즈Flight of the Conchords의 코믹한 노래를 부르면서 이건 눈물이 아니라 빗물이라고 변명한다.
난 이제 이 노래가 싫어지려고 한다. 사람들이 울면서 안 운다고 부정하는 증거 영상을 찾는 데 방해가 된다.
아무리 열심히 찾아도 이 재미없는 노래만 뜬다.

◆

다섯 살 때, 여름 어린이 극단에서 〈피터 팬Peter Pan〉의 웬디 역을 따려고 오디션을 본 적 있는데, 예상대로 나보다 나이 많은 아이가 뽑혔다. 오디션 결과를 듣던 나는 눈물을 흘릴 뻔했다. 그때 팅커 벨 역을 내 동생이 맡게 되었다는 발표도 들었다. 나는 '요정 1'을 맡게 되었다. 아주 슬픈, 아주 축축한 요정이 될 운명이었다.

•

이듬해 〈이상한 나라의 앨리스Alice in Wonderland〉에서는 작은 앨리스의 대역을 맡게 되었다. 눈물을 수십 리터씩 쏟는 큰 앨리스가 아니라 그 눈물에 익사하고도 남을 것 같은 쪼그라든 앨리스 말이다. 그 여름 내내 난 진짜 작은 앨리스에게 불행이 덮치기를 기도했지만 그 애는 무사했다. 대신 나는 다른 역할로 무대에 섰다. 눈에 잘 띄지도 않는, 꽃밭에서 춤추는 지네 역으로.

그 시절 나는 비디오테이프로 본 첫 영화 〈오즈의 마법사The Wizard of Oz〉에 홀려 있었고 가족과 함께 그 이야기를 연기하는 데 푹 빠져 있었다. 한번은 서쪽 마녀(엄마)에게 내가 에메랄드 시티(내 방)로 가는 노란 벽돌길을 걷는 동안에는 그의 성(주방)에서 나오면 안 된다고 주장했던 일도 생각난다. 내 인형들은 먼치킨, 동생은 허수아비였다. 아버지가 어디 있었는지는 생각나지 않는다. 집에 있었다면 양철 나무꾼이었을 것이다. 바다에 나가 집에 없었을 수도 있고.

울음에 관해 너무 많은 것을 썼다가는 우주의 아이러니 법칙에 따라 내 삶에 비극이 찾아올 것만 같다.

“뉴욕주와 오하이오주의 시골 사람들에게는 잘 알려진” 민담이자 1898년도 《미국 민속학보》에도 수록된 다음 이야기는 미래에 찾아올지도 모를 슬픔을 생각하며 우는 사람들을 조롱한다.

> 옛날에 한 여자아이가 살았다. 어느 날 어머니가 주방에 들어가 보니 소녀가 앉아서 꺽꺽 울고 있었다. 어머니가 물었다. “얘야, 왜 그러니?” 아이가 대답했다. “제가 생각을 하다 보니까요, 나중에 제가 결혼을 하고요, 아기를 낳고요, 그러면 언젠가 아기가 잠든 요람 위로 오븐 뚜껑이 떨어져 그 아기가 죽을 것 같아서요.”[16]

어떤 사람들은 상상 속 상황에 대응하는 법을 연습하려고 시와 소설을 읽는다. 실제 삶의 위험이 없는 안전한 곳.

●

어떤 사람들은 어떤 것에 대해 쓰지 않으려고 다른 것에 대해 쓴다. 가령 토니 토스트가 그런다.

> 나의 생물학적 아버지에 대해서는 뭐라고 말해야 할지 모르겠으므로 호수를 설명해 볼까 한다. 색은 푸르고, 백조가 떠 있다.[17]

꼭 백조일 필요는 없다. 코끼리일 수도 있다. 에이미 롤리스처럼.

코끼리가 죽을 때
때로 당신이 할 수 있는 일은 그저 거기 있는 것뿐
누구도 당신을 평가하지 않아
뭔가 위트 있는 말을 내뱉지만 않으면.
코끼리가 죽을 때
난 과학자 한 무리를 불러오고 싶어
그러면 한 과학자가 코끼리 눈에서 흘러나온
눈물을 닦으면서
말하겠지 "내가 설명하죠" 그리고
산 코끼리들의 입에서 뼈를 꺼낼 것이다.[18]

코끼리가 감정적인 눈물을 흘린다는 보고가 오래전부터 종종 나오고 있지만, 코끼리의 눈물은 그저 신체적 고통에 대한 반응이라는 회의적인 반론도 마찬가지로 오래전부터 나오고 있다. 코끼리가 정말로 울든 그렇지 않든 이 동물이 애도한다는 사실은 잘 알려져 있다. 1999년, 동물원에 사는 72세의 코끼리 다미미는 어린 코끼리 친구가 새끼를 낳다가 죽자 "슬픔을 못 이기고" 죽었다. BBC에 따르면 "동물원 관계자는 이 코끼리가 친구의 시체 곁에서 눈물을 흘렸고 그다음엔 친구가 살던 우리 안에 며칠이나 가만히 서 있었다고 말했다".[19] 결국 다미미는 굶어서 죽었다.

동물원에 갇힌 코끼리만 이런 행동을 하는 게 아니다. 한 생태학자에 따르면 야생에서도 "어미들은 새끼가 죽으면 며칠 동안 슬퍼하는 모습을 보인다. 새끼를 다시 살려 내려 하고, 시체를 껴안고 어루만지고, 이 두 행위를 반복한다."[20] 코끼리 무리는 다른 코끼리의 잔해를 발견하면 그 뼈를 유심히 들여다본다. 이 행동을 설명할 때 사람들이 가장 많이 쓰는 표현은 '경건함'이다.

어떤 눈물이 신체와 감정 중 어느 쪽의 고통에서 비롯된 것인지 구별하기 어려울 때도 있다. 예를 들어 19세기 초 남아프리카공화국에서 코끼리를 사냥하던 한 백인 남자의 기록을 보자. 코끼리가 부상을 당해 도저히 도망칠 수 없을 때 사냥꾼은 사냥감을 '실험'하기로 한다. 코끼리의 몸에 되는 대로 총알을 박아 넣던 그는 이윽고 자신이 "고귀한 야수를 고문하고 있었을 뿐임을 깨닫고 충격을" 받는다. 그리고 사냥감을 죽이기로 한다.

> 나는 라이플총으로 여섯 발을 쏘았다. 그 정도면 분명 죽었어야 했는데도 코끼리는 고통을 겉으로 전혀 드러내지 않았다. 그래서 다시 네덜란드식 6파운더*로 같은 부위를 세 번 맞혔다. 그제야 코끼리가 천천히 눈을 감았다 뜨며 커다란 눈물을 뚝뚝 흘렸다. 그 거대한 몸통을 발작하듯 떨더니 옆으로 쓰러져 숨을 거두었다. 이 코끼리의 엄니는 아름다운 아치형이었고 한쪽 무게가 약 90파운드로 내가 여태껏 본 것 중 가장 무거웠다.[21]

* 6파운드, 즉 약 2.7킬로그램의 탄환을 쏘는 대포.

♦

사냥꾼만 코끼리를 울리는 것이 아니다. 타이에서 발견된 나방 마브라 엘레판토필리아*Mabra elephantophila*는 코끼리의 눈물을 먹고 산다. 로보크라스피스 그리세이푸사*Lobocraspis griseifusa*라는 나방은 어디서 눈물이 생기길 기다리지도 않는다. 노리는 동물의 안구가 말라 있으면 이 나방은 눈물이 흐를 때까지 안구를 자극한다.[22]

나는 눈물을 마시는 행위를 뜻하는 **식루**(lachryphagy)라는 단어를 알게 된다. 예를 들어 어린 시절 벨 훅스는 늙은 남자들을 바라보며 식루 욕구를 느꼈다. 그들은,

> 사람에게 다가갈 때는 나비처럼 가볍고 아름답게 움직였고 아주 잠깐 조용히 머물렀다. (…) 갈색 피부의 이들은 심각한 얼굴의 교회 집사, 신의 오른팔이었다. 신의 사랑을 느낄 때 눈물 흘리고, 설교사가 저 선하고 신실한 종에 관해 이야기할 때 눈물 흘리는 남자들이었다. 그들은 주머니에서 주름진 손수건을 꺼내어 마치 컵에 우유를 붓듯 거기다 눈물을 쏟았다. 아이는 자신을 키워 주고 살지게 해 줄 젓인 양 그 눈물을 마시고 싶었다.[23]

인간의 체액 가운데 마시는 상상을 해도 역겹지 않은 단 두 가지가 젖과 눈물이다.

♦

터키의 시필로스산에는 빗물이 석회석 암반에 스며들었다가 눈물처럼 쏟아지는 곳이 있는데, 사람들은 이 '우는 바위'를 그리스신화에 나오는 니오베의 이야기와 관련짓는다. 니오베는 아이가 둘뿐인 레토에게 자신은 아이가 열넷이나 된다고 자랑했다가 가차 없이, 정확하게, 그리고 완벽하게 벌을 받았다. 레토의 아들 아폴론과 딸 아르테미스가 각각 니오베의 일곱 아들과 일곱 딸을 죽인 것이다. 니오베의 남편은 스스로 목숨을 끊었다. 혼자 남은 니오베는 흐느낌을 멈출 수 없었다. 그는 돌로 변했으나 돌이 되어서도 눈물은 멈추지 않았다.

고대 그리스 시인 사포의 시편에 의하면 "레토와 니오베는 서로 사랑하는 친구였다".[24]

나는 아들도 딸도 없다. 사랑하는 친구는 많다. 아이가 한둘 있는 친구도 포함하여.

우는 아기라는 주제는 피하고 싶었다. 나와 남편 크리스가 아이를 가지려고 노력하는 중이기 때문에. 하지만 나의 탐구는 그 방향으로 기울어만 간다. 어젯밤 나는 자기 전에 각 문화권에서 부모가 아기의 울음을 달랠 때 쓰는 방법에 관한 글을 읽었다. 아기에게 그만 울라고 하면 결국 그 말을 따라 울음을 그치는 경우도 있고, 아기보다 더 크게 소리를 지르다가 갑자기 깔깔 웃으면 아기가 혼란스러워하거나 어리둥절하거나 재미있어서 울음을 그친다고도 한다.[25] 영아 산통은 아기가 너무 심하게 우는 병이다. 하루에 열여덟 시간 동안 우는 경우도 있다.[26] 나는 '엄마 산통'에 걸릴까 봐 걱정이다. 아니, 그전에 엄마가 되지 못할까 봐 걱정이다.

●

내가 엄마 산통에 걸릴까 봐 걱정하는 이유는 나 자신이 빠져나갈 길 없는 완벽한 공포와 절망에 주기적으로 사로잡히는 사람이고, 그런 때가 찾아오면 몇 시간씩 울기 때문이다. 나는 바닥을 뒹굴며 울부짖는다. 왜 그러는지는 나도 모른다. 잠을 자거나 시를 쓰는 것과 더불어 우는 것도 내 몸이 하는 일이다.

우리가 상상의 아기를 현실로 만드는 과제를 위해 오하이오주에 빌린 이 집 주변에는 자동차가 거의 다니지 않는다. 우리 가족이 고양이를 입양한 뒤 처음으로, 그가 집 밖을 탐색해도 되는 안전한 곳에 왔다. 방금 전 고양이가 다시 집 안으로 들어오겠다고 야옹거리는 소리가 들려 문을 열었더니 이웃 고양이와 싸운 흔적이 보였다. 왼쪽 눈가 바로 밑에서부터 할퀸 자국이 나 있었다. 눈물이 흘러내릴 붉은 길이 생겼다.

나는 이 집에 온 후로 크리스가 '울음문고'라고 부르는 컬렉션을 수집하기 시작했다. 톰 러츠의 『울음Crying』, 제임스 엘킨스의 『그림과 눈물Pictures & Tears』. 나는 엘킨스 책의 목차가 무척 마음에 든다. 그 부드러운 고집, 평가하지 않는 제목들이 마음에 든다. 가령 1장은 "그저 색깔에 울기", 5장은 "푸르스름한 이파리를 보며 흐느끼기".[27]

어쩌면 이 모든 독서가 실수로 판명될지도 모르겠다. (나의 울음문고에서 예를 들면) 제임스 엘킨스가 미술사를 오래 연구하다가 그림을 보고 우는 능력에 문제가 생겼던 것처럼 눈물에 관한 이 몇 달 연구로 내가 이 삶 앞에서 흐느끼는 방식이 달라져 버리면 어떡해야 하나? 혹시 그 변화를 달가워해야 하나? 여름이 끝나 갈 무렵 이렇게 저무는 저녁이 예전에는 피곤과 슬픔의 시간이었으나 이젠 나를 가볍게만 덮는다. 지난 눈물의 계절에 난 내가 길을 잃었다고 생각했다. 미쳤다고. 새 책들은 나를 보호하는 방패인지도 모르겠다.

눈물을 의심하는 일, 다시 말해 이성으로 자신과 눈물을 분리하는 작업은 때로 타당하다. 톰 러츠의 책에 나오는 그의 배우 친구는 "연기 중에 눈물을 흘려야 할 때는 눈물을 끌어내는 몽상을 이용하는데", 최근의 몽상은 "가라앉고 있는 타이태닉호에서 내가 아내와 어린 아들을 구명보트에 태우는 장면"이었다고 한다.[28] "바로 그 이미지가 내가 상상할 수 있는 가장 강렬한 상실의 감각을 자아낸다"[29]는 친구의 설명에 호기심이 생긴 러츠는 대화를 더 길게 이어 나가고, 마침내 친구는 다음과 같은 깨달음에 이른다.

> 그 장면이 그에게 효과적인 이유는 다른 사람들이 그의 행동을 지켜보며 인정해 주기 때문이다. 배의 선장과 일등 항해사를 비롯해 그 상황을 책임지는 다른 남자들이. 이 몽상, 이 자그마한 통속극이 그를 흐느끼게 하는 이유는 그 안에서 그가 도상적인 사회적 역할을 완벽하게 해내기 때문이다.[30]

•

물론 배우의 눈물은 특별한 목적을 위해 만들어지는 눈물이다.
나도 잘 알지만, 영화를 볼 때 그런 사실은 얼마든지 모른
척할 수 있다. 그러나 눈물이란 건 그 이상으로 교묘하다.
눈물의 계략은 계속되고, 퍼져 나가, 급기야는 우는 사람, 즉
그 눈물의 의미를 읽을 수 있어야 할 그 한 사람마저도 일단은
피상적으로만 이해하게 된다. "얘야, 왜 울고 있니?" 아이는
모른다.
말로 할 수가 없다. 마침내 말로 할 수 있게 되었을 때는
그 이유가 벌써 부끄러워진다.

셜리 템플에게 우는 연기를 시켜야 했던 감독은 그 어린 배우에게 네 어머니가 "나쁜 놈에게 납치당했어! 초록색 몸에 피처럼 빨간 눈을 가진 남자에게!"라고 했다. 템플은 흐느꼈고 카메라가 그것을 찍었다. 감독이 쓸데없이 거짓말을 했다는 사실을 알게 된 배우와 그의 어머니 모두 화가 났다. 템플은 이미 카메라 앞에서 우는 법을 알았으므로. 다만 아침에 찍을 때만 우는 게 가능했다. 낮 동안의 일들이 그의 "가라앉은 기분을 희석시키기 전에". 템플은 이렇게 말했다. "점심 이후에는 울기가 너무 어려워요."[31]

●

어느 날 오후 테스트기가 알려 준다. 되었다고, 임신했다고, 잘했다고, 재주가 참으로 좋다고. 난 울지 않는다. 크리스도 울지 않는다. 엄마에게 전화를 걸었더니, 엄마는 "나 울 것 같다"고 하고 정말 운다. 나의 충직한 목울대가 불거진다. 나는 그것을 알아차린다. 나는 그것의 권유를 받아들이기 시작한다. 하지만 그때, 내가 도상적인 사회적 역할을 수행하고 있다는 생각이 들자 눈물로 미끄러져 들어가는 길이 갑자기 막힌다. "괜찮아." 나는 엄마에게 말한다. "그럴 만한 일이잖아. 엄만 울어도 돼."

♦

몇 주 후 비행기 안에서 피부를 구릿빛으로 태운 재수 없는 사업가가 내 머리 위로 물이 가득 든 병을 떨어뜨린다. 나는 다쳤고 놀랐고 피곤한데 그의 사과는 불충분하다. 그는 충분히 미안해하지 않는다. 나는 울고 싶지 않지만 울음이 터질 것 같다. 또는, 울고 싶지 않다고 생각하지만 생각과는 무관한 부분의 나는 울고 싶어 한다. 또는, 내가 읽었던 책들에 의하면 이럴 때의 **눈물**은 일종의 커뮤니케이션, 즉 그 남자에게 더 미안해하라는 명령이다. 나는 내가 아는 모든 이론을 소환해 나와 울음 사이에 놓으려고 한다. 이성으로 숨의 속도를 늦추려고 한다. 그러나 다 소용없다. 나는 당장 울고 싶을 때는 울지 못하고, 울고 싶지 않을 때는 울음을 막을 수 없다. 그냥 항복하는 게 나았을까. 다가오는 눈물 파도에 몸을 맡기는 것이 옳았을까. 옆자리가 비어 있어서 천만다행이다.

많은 사람이 비행기에서 운다. 버진 애틀랜틱 항공사 승객을 대상으로 한 조사에서 남자 승객의 41퍼센트가 "눈물을 감추려고 담요 밑에 숨은 적 있다"고 응답했다. 여자 승객들은 "눈에 뭐가 들어간 척하며 눈물을 숨긴다"고 대답했다.[32]

비행기에서 왜 우는가? 아마도 비행기를 타기 전에 서둘러 움직이느라 스트레스를 받은 상태에서 고요히 하늘을 가로지르고 있기 때문이다. 공항에 가고, 사랑하는 사람들과 작별하고, 보안대를 통과하느라 입은 옷을 반쯤 벗고 짐을 다 풀었다가, 허둥지둥 땀 흘리며 게이트를 찾아가 비행기에 오른 뒤라서. 마침내 휴식을 취하는 몸은 그제야 감정이 뒤따라오는 것을 느낀다. 실용적인 문제를 해결하느라 방치해 두었던 감정들이 시끄럽게 도착하여 그 즉시 신체적으로 표현되길 요구한다. 아니면 담요 때문일 수도 있다. 온라인에서 이런 글을 보았다. "쌍둥이 동생이 나더러 넌 웃을 때 제일 못생겼다고 해서 비행기 안에서 울었어요. 머리에 담요를 뒤집어쓰고 울었어요." 요즘 나는 비행기에 타면 승무원이 가져다준 담요가 내가 타기 바로 전에 그것을 사용한 사람의 눈물로 아직도 축축한 것 같다고 상상한다.

어쩌면 이 눈물은 시인 메리 루에플이 흘린 눈물인지도 모른다. 시를 이루는 단어를 지워 새로운 시를 짓는 방법을 이야기하는 에세이에서, 루에플은 비행기의 옆자리 여자분에게 자신의 작품을 설명했다가 친절하고 다정한 오해를 받았다고 이야기한다.

> 비행기의 공기가 문득 덥고 답답해져서 어렵사리 코트를 벗으려는데 그분이 손을 뻗어 도와주었다. 나는 이 예상치 못한 부드러운 도움의 몸짓에 압도당했고 너무도 난처하게도, 우리가 나눈 대화와는 전혀 상관없는 이유로, 울기 시작했다. 그러자 그분이 말했다. "걱정하지 말아요, 자기. 하느님은 수수께끼 같은 방식으로 역사하신답니다."[33]

우린 아마 우리가 울게 되는 진짜 이유는 알아낼 수 없을 것이다. 우린 아마 꼭 울어야 할 이유가 있어서라기보다 **대충** 울 만한, **대략** 울어도 되는 이유로 우는 것 아닐까. 우리가 울음에 붙이는 모든 설명은 사후에 만들어 낸 이야기 아닐까. 그렇다고 그것은 그냥, 아무 이야기는 아니다. 나는 **그냥**이라는 말은 쓰지 않겠다.

나는 이 눈물들을 읽는 행위, 눈물을 눈물 옆에 나란히 두는 행위를 통해 이야기가 아니라 관계가 구성되길 원한다. 이 눈물과 이 눈물 그리고 저 눈물 사이의 관계. 내가 하려는 말은 잭 스파이서가 세상을 떠난 페데리코 가르시아 로르카에게 쓴 편지에 적혀 있다.

> 나는 진짜 사물들로 시를 짓고 싶습니다. 레몬이라면 읽는 사람이 자르거나 짜거나 맛볼 수 있는 레몬이 되는 것이죠. 콜라주 속의 신문이 진짜 신문이듯이 그 레몬이 진짜 레몬이었으면 합니다. 내 시에 나오는 달은 그 시와는 아무 상관 없는, 구름에 문득 가려지기도 하는 진짜 달이었으면 좋겠습니다. 이미지와는 하등 관계없는 달이었으면 좋겠습니다. 상상력은 진짜를 그림으로 그립니다. 그러나 나는 진짜를 가리키고 싶고, 진짜를 폭로하고 싶고, 소리는 들어 있지 않되 가리키는 손가락이 들어 있는 시를 쓰고 싶습니다.[34]

당신이 맛볼 수 있는 진짜 눈물, 울음과는 아무 상관없는 달.

(그런 달은 존재하지 않는다.)

어느 주말에 포트 그린*을 거닐던 빌과 나는 공짜로 가져가도 되는 책이 담긴 상자를 보도에서 발견했다. 1970년대에 펭귄사에서 출간한 교육용 문집 시리즈가 들어 있었다. 우리는 신이 나서 책을 훌훌 넘겨 보며 편집자들이 아이들의 대화에 시를 곁들이고 신화에 사진을 덧댄 경쾌한 방식에 감탄했다. 빌은 나더러 그 책을 다 가지라고 했지만 나는 고집을 부려 그에게 한 권을 들려 주었다. 우리의 행복한 하루를 기념하는 물건으로. 몇 년 후 닐 암스트롱이 죽었을 때 나는 그 시리즈에 실린 달 착륙 당시의 기록을 다시 읽은 뒤 애도의 시를 썼다. 빌이 가져간 그 한 권은 지금 어디에 있을까. 이미 버려졌을까.

* 뉴욕시 브루클린 북서부에 있는 주거 지역.

내가 매일 아침 잠에서 깨어 가장 먼저 하는 일은 아기를
생각하는 것이다. 배에 두 손을 얹은 채 잠들고, 같은 모습으로
잠에서 깬다. 아기가 살짝 움직이고, 그 어떤 이미지가
떠오를 틈도 없이 나는 아기를 처음 안을 그 순간으로 쏟아져
들어간다. 그때 난 무슨 말을 하게 될까? "네 꿈을 하도 많이
꿔서 넌 더 이상 진짜가 아니게 되었어." 로베르 데스노스가
연인에게 쓴 문장이다. "네 꿈을 하도 많이 꿔서 네 그림자를
껴안느라 가슴 위로 겹쳐지는 데 익숙해져 버린 내 팔은
네 몸의 형태를 따라 구부러지지가 않을 것 같아."[35]
어둠 속에서, 이 새로운 아침에, 나는 그림자 아기를 만난다.
너구나, 너로구나, 거기 바로 너, 안녕, 하며 닦아 낸 눈물이
베개에 닿는다. 초음파 검사실의 어둠 속에서 우리는 흑백으로
된 아기의 얼굴을, 아기의 빛나는 코와 진짜 입을 보았다.
너도 나도 내내 울 텐데 그때 나는 무슨 말을 할까? 이 침대에
떨어진 여기 내 눈물은 겨우 이 도상적 장면의 형식적인
부산물일 뿐일까? 그런데 그게 어째서 **겨우**인가? 변화는
일어날 것이다. 나는 엄마가, 그림자가 될 것이며, 그 그림자는
"움직이며 환하게 계속 움직이며 네 삶의 해시계에 맺히는
저 그림자보다 백 배 더 그늘질 것이다".[36] 내 가슴에 드리운
따뜻한 아기의 무게.

어느 날 아침 앞마당에서 잡초를 뽑으며 '감정 유도 기법'에 관한 강의를 듣는다. 이는 연구자들이 실험실에서 피험자들에게 감정을 끌어낼 때 사용하는 자극법이다. 교수가 행복한 감정을 유도할 때 흔히 쓴다는 영상을 보여 준다. 나는 헤드폰을 끼고 팟캐스트를 소리로만 듣는 중이었으므로 올림픽에서 금메달을 따고 기뻐하는 여자의 모습은 볼 수 없고 귀를 쫑긋 기울인 채 민들레 주변 흙을 바순다. 교수는 슬픈 감정을 유도하는 데 효과가 좋다는 영상도 소개한다. 잡초 뽑기에 정신이 팔려 이 영상이 다큐멘터리인지 연출된 것인지를 말하는 설명을 놓치고, 나는 곧 귀에 들려오는 작은 목소리의 주인공인 소년을 걱정하기 시작한다. 아이 아버지는 권투 선수인데 지금 죽어 가고 있다. 그가 아들을 부르며 찾는다. 그의 목소리가 사라지자 아이가 애원한다. "안 돼, 챔피언! 안 돼, 챔피언! 우리 아빠 끝난 거예요? 끝난 거예요? 왜 그러는 거야, 챔프? 챔프, 일어나! 일어나요! 일어나, 일어나라고! 챔프, 일어나, 챔프! 아니, 여기서 잠들면 안 돼. 집에 가야 하잖아, 챔프."[37] 나는 잡초 뽑기를 계속할 수가 없다. 땅에 엎드려 울고 있다. 나는 내가 연구자 입장에 선 줄 알았다. 단지 흐느끼는 피험자인 것을.

♦

며칠 후 나는 그 영상이 1979년에 개봉한 영화 〈챔프The Champ〉의 한 장면이라는 걸 알게 되고, 그 죽음의 장면을 화면으로 본다. 이번에는 실존하는 아이를 걱정할 필요가 없다는 걸 알지만, 그래도 눈물은 또 난다. 에이미 헴펠의 짧은 소설이 생각난다. 이야기 끝에서 화자는 수화로 소통할 줄 알았던 한 침팬지를 회상한다.

> 나는 손으로 말하던 그 침팬지를 떠올린다.
>
> 실험 과정 중에 그 침팬지는 새끼를 낳았다. 그 어미가, 누가 시키지도 않았는데, 갓 태어난 새끼에게 수화로 말을 거는 모습에 조련사들은 얼마나 전율을 느꼈을까.
>
> 아가, 젖을 먹어라.
>
> 아가, 공놀이를 하렴.
>
> 그리고 새끼가 죽었을 때 어미는 서서 시체를 굽어보며, 주름진 손을 동물다운 우아함으로 움직이며, 그 말을 다시 또다시 수화로 전했다. 아가, 날 안아 주렴, 아가, 날 안아 주렴. 유창한 그 몸짓은 이제 슬픔의 언어.[38]

나는 라디오를 통해 이 이야기를 처음 들었다. 그때 나는 이 이야기가 불러일으키는 울음에 전혀 준비가 되지 않은 상태였고 혼란스러워진 동시에 슬퍼져서 이 침팬지가 누구인지 찾아보았다가, 작가가 사뭇 다른 이야기를 더 자극적인 방향으로 허구화했다는 사실을 알게 되었다. 실존하는 침팬지인 워슈는 한 보육사가 유산했다는 사실을 듣고 수화로 **울음**을 전했다.[39] 나는 나의 감정을 들여다본 뒤 스스로에게 이렇게 보고한다. **이 자극은 0방울의 눈물을 끌어낸다.**

눈물, 하고 운을 떼면 이 명사는 **흐른다**, 는 동사를 데려온다. 마치 **빗물이**, 하면 **흐른다**, 가 따라오듯. 오래되어 무심한 부부 사이를 닮은 주술 관계. 때로, 자주는 아니지만, 눈물은 **적신다**. 책의 종이를, 사랑하는 이의 얼굴을. 그런데 우주에서는 눈물이 흐르지도 않고 적시지도 않는다. 어떤 영상에서 한 우주 비행사(콧수염을 기른 캐나다인)가 은색 물주머니를 왼쪽 눈에 대고 안에 담긴 식수를 흘린다. 슬픔의 기색은 조금도 없다. 물은 그대로 뭉쳐 있다. 투명한 물방울, 큼직하고 비뚤어진 초승달.[40] 하지만 방울이 공기 중으로 빠져나간다면 그때의 동사는 뻔하다. 우주에서는 모든 것이 **떠다닌다**.

바다에서 실종된 네덜란드의 퍼포먼스 아티스트 바스 얀 아더르는 몇 편의 유명한 실험적인 단편영화를 남겼다. 〈너무 슬퍼 이야기할 수가 없어I'm Too Sad to Tell You〉에서는 손글씨로 된 제목이 몇 초간 떠 있다가 아더르가 흐느끼는 장면이 3분쯤 이어진다. 두 눈에 눈물이 넘치고, 고개를 끄덕였다 저었다 하고, 슬픔을 삼키기라도 하듯 입을 벌렸다 닫았다 한다. 그가 왜 울고 있는지 나는 모르지만, 보고 있노라면 나도 그와 함께 고개를 끄덕이며 그의 거대한 슬픔을 수긍하게 된다.

연작인 〈추락Fall〉에서 아더르는 자신의 집 지붕에서 미끄러져 내려와 바닥의 의자로 떨어지고, 두 팔로 나무에 대롱대롱 매달려 있다가 강물 속에 빠지고, 옆으로 기울어 고임목 위로 넘어지고, 자전거를 탄 채 주저 없이 운하에 빠진다. 그가 이런 행동을 하는 이유는 영상 어디에도 나오지 않지만, 다른 곳에, 짤막한 작가의 말에 나와 있다. 아더르의 단순 명료한 설명이 나에겐 더없이 정확하게 느껴진다. "내가 지붕에서 떨어지거나 운하에 빠진 이유는 중력이 나를 지배하는 주인이기 때문이다. 내가 운 이유는 극도의 슬픔에 있다."[41]

추락은 기본적이고 근원적이고 기초적인 움직임이다. 앤 카슨의 말을 빌리면 "우리가 가장 처음 하는 동작이다. 호메로스에 따르면 인간은 어머니의 무릎 사이로 추락함으로써, 바닥으로 추락함으로써 태어난다. 우리는 최후에도 다시 한번 추락한다. 바닥에서 시작했던 삶이 그 바닥 속으로 영원히 흡수됨으로써 끝나는 것이다".[42]

그렇다면 우리는 한 생의 사건들을 하나의 간결한 대칭으로 요약할 수 있지 않을까? **추락한다, 운다, 추락한다**로. 우리가 요약할 기분이 된다면.

앨런 셰퍼드가 달에서 울었을 때 중력은 지구의 6분의 1로 작용했을 것이다. 달에서는 눈물이 떨어지지만 더 천천히, 마치 눈처럼 떨어진다. 나는 이 사실을 어렸을 때 우주 캠프에서 배웠다. 나는 그곳에서 울었다. 모의 비행에서 임무를 수행하는 전문가 역할을 맡고 싶었는데 홍보 담당자 역할이 주어졌기 때문이다. 내 역할은 행동하는 게 아니라 설명하는 것이었다.

앞 글의 초고를 쓸 때, 나는 버즈 올드린이 달에서 울었다고 썼지만 잘못된 기억이었다. 닐 암스트롱도 눈물을 흘리진 않았고 혹은 울었더라도 눈물을 떨구진 않았다. 달 착륙선에서 올드린이 찍은 사진을 보면 암스트롱은 젖은 눈을 하고 있다. 만약 지구였다면 그 눈물은 아래로 떨어졌을까?

올드린은 **암스트롱**을 호출하지만 **암스트롱**은 **올드린**을 호출하지 않는다. 이들의 관계는 불공평한 부부와 비슷하다. 지구로 돌아온 뒤 올드린은 술로 슬픔을 떨쳤고 그다음엔 아내를 두 명 밀어냈다. 지구에서의 눈물들은 전통대로 움직여, 비처럼 땅에 떨어졌다.

오늘 또 그리 멀지 않은 하늘에서 눈이 떨어진다. 내 몸 안에는 아기가 우주 속의 명사(noun)처럼 떠다니고 있지만, 아기는 어디가 위쪽이고 어디가 아래쪽인지 알 것이다.

영화가 발명되자마자 사람들은 달의 눈에 우주선을 꽂아 눈물을 뽑아냈다.

한 젊은 남자가 시적인 지혜를 나누어 주는 한 시인과 산책하곤 했다는 이야기를 들었다. 그는 조언했다. **달은 내버려 두게나.**

페이지 루이스는 이런 종류의 조언은 무시해야 한다고 주장한다. "'시에는 이런 게 이미 지겹도록 많다'고 주장하는 사람을 믿지 마라. 그 말은 사실 '나는 이런 게 지겹다'는 뜻인데, '나는 달이 지겹다'고 주장하는 사람이 과연 시를 논할 수 있을까?"[43]

♦

"달을 달라고 우는(cries for the moon)" 사람은 너무 많은 것을
원한다. 원할수록 더 원하게 되는 것을 원하는 것이라
그 빈자리에 눈물을 흘려 넣는다. 달을 향해 소원을 빌어선
안 된다.

셜리 템플은 학교 친구가 죽었을 때 진짜 눈물을 흘렸고 그 눈물이 졸업 앨범에 실린 친구 사진을 더럽혔다고 자서전에 썼다. “달을 가졌더라면 그 달을 여러분에게 주었을 친구”라는 사진 아래 공식 설명에 템플은 “잉크로 조심스럽게 한 단어를” 덧붙였다. “죽었음.”[44]

달이 무엇으로 이루어져 있을까 하는 질문에 1902년의 아이들은 이렇게 대답한다.

> 달은 누더기로 돼 있다… 아니면 누더기로 채워져 있는 사람이다… 달은 노란색 종이에… 노란색 물감으로 그린 그림이다… 퍼티 반죽… 금… 은… 꿀… 솜… 행운의 돌… 얼음 케이크… 많은 별로 되어 있다… 공기… 놋쇠… 접시… 풍선… 구름들… 공… 지방… 양초나 가스로 켜는 램프… 빛으로… 흙으로… 물… 천… 불붙은 장작 더미… 우유… 버터… 펠트… 번개… 손에 손을 잡고 둥근 빛의 원을 이루고 있는 죽은 사람들이다… 공중에 걸린 빛나는 접시 같은 것이다… 지구처럼 물과 흙으로 되어 있다… 해골… 물 양동이… 달은 하느님이나 예수님, 뭐 그런 사람이다… 죽은 친척이나 친구의 얼굴이나 머리통이… 구름 사이에 걸려 있는 것이거나, 아니면 몸이 하늘로 똑바로 날아가서 머리통만 보이는 것이다.[45]

아이들의 대답이 나에겐 주문처럼 작용해서 황홀한 마법을 건다. 그건 "언어의 언덕"이고, 달 먼지 더미이다. 아니면 창문으로만 이루어진 집이다. 그 하나하나에 어린아이의 둥근 얼굴이 걸려 있다.

♦

올겨울, 슈퍼마켓 바깥에 놓고 파는 장작이 너무 축축해 불이 붙지 않을 때면 슈퍼마켓 안에서 산 팻우드사의 불쏘시개용 장작을 더한다. 이런 게 문명인데, 나사NASA는 이 문명이 끝날 거라고 선언했다. 나는 오늘 울 기분이 아니므로 그 기사를 읽지 않는다.

이제는 장작이 필요 없는 날씨이다. 봄의 첫날이 왔고 내게 필요한 건 수선화인데 아직은 눈에 띄지 않으므로 대신에 엄마가 보낸, 수선화가 가득 핀 들판에 있는 할머니의 사진을 들여다본다. 그곳은 아마 두 분이 살던 곳에서 겨우 몇 분 거리에 있던 큐 왕립 식물원일 것이다. 윌리엄 카를로스 윌리엄스의 시 「나의 잉글랜드인 할머니가 남긴 마지막 말 The Last Words of My English Grandmother」을 떠올린다. 시의 마지막 장면은 병원에 가는 길이다.

가는 길에
우리는 길게 늘어선
느릅나무를 지나친다. 할머니가
앰뷸런스 창으로
나무들을 잠깐 보더니 말씀하셨다.

저기 저 보풀보풀한 것들은
다 무엇이더냐?
나무냐? 나는 저것들이 지겹다
하며 고개를 저리 돌리셨다.[46]

윌리엄스 씨, 나에게도 잉글랜드인 할머니가 있었답니다.
하지만 난 할머니의 마지막 말이 무엇인지 몰라요. 할머니는
남아프리카공화국에서, 큐 식물원에서 원예를 공부한 사위와
함께 이사 온 큰딸 곁에서 돌아가셨거든요.

♠

우리는 죽어 가는 사람들을 대할 때 마치 그들이 이성을 잃고 만 것처럼, 철없는 아기가 된 것처럼 대한다. 우리는 그들이 착하게 굴길 원한다. 죽어 가는 사람들은 엄마를 원하지만, 그들의 엄마는 어디에서도 찾을 수가 없다. 아마도 꽃들 사이로 돌아갔을 것이다. 빌이 어떻게 죽었는지 나는 모른다. 말 그대로이다. 나는 그때 무슨 일이 있었는지 모른다. 그 무렵 우리는 거의 만나지 않았다. 간혹 얼굴을 보는 경우에도 그는 언제나 흥분해 있고 취해 있어서, 그를 피하는 것이 훨씬 간단한 일이었다.

♦

대체 누가 1962년에 남아프리카공화국으로 이사하는가? 백인 여자인 나의 이모가 그랬다. 백인 네덜란드인인 나의 이모부가 그랬다. 우리는 1992년, 그러니까 아파르트헤이트가 마침내 철폐되기 시작하고서야 그 나라에 갔다. 백인들은 발작하듯이 두려워했다. "저들에게 주느니 집을 불살라 버리겠어."라고 누군가 쪼글쪼글한 억양의 영어로 말했다. 그해 여행에서 나는 딱 한 번 울었던 것으로 기억한다. 동생과 내가 이모 집 뒤뜰에 있는 수영장에 갇혔을 때였다. 그 집의 로트와일러종 개가(애완견이기도 하지만 경비견이기도 하다) 주위를 뱅뱅, 뱅뱅 돌면서 우리를 그곳에 가두었다. 개는 알아듣는 명령이 거의 없었는데, 그중 이모부가 제일 자주 말하던 풋섹(voetsek), 아프리칸스어로 '저리 꺼져' 하나는 알아들었다. 우리는 개가 우리를 두 동강 내 버릴까 봐 무서웠다.

♦

오늘 이른 아침, 라디오에서 다이버들이 1880년에 가라앉은 증기선의 사진을 사고 후 처음으로 찍었다는 소식을 들었다. 짙은 안개 속에서 다른 배에 부딪혀 반으로 갈라져 버린 배였다. 나는 주방의 어둠 속에 서서 이것이 출산을 의미하는 은유라고 생각한다.

전 국방부 장관 로버트 맥나마라에 관한 에롤 모리스의 다큐멘터리 영화 〈전쟁의 안개The Fog of War〉는 프로이센 군사 전략가가 했던 말에서 그 제목을 차용했다.

> 마지막으로, 전쟁에서는 모든 정보를 대체로 신뢰할 수 없다는 사실이 특별한 문제가 됩니다. 모든 작전은 이를테면 일종의 어스름 속에서 치러집니다. 그런 상황은 마치 안개나 달빛처럼 세상을 그로테스크하게 만들고 실물보다 더 커 보이게 하죠.[47]

지난밤 텔레비전에는 우는 정치인들의 모습이 끝없이 나왔다. 그중 곧 손주가 생겨 할머니가 되는 한 후보에 대해 소위 전문가들은 그의 선거 운동이 감정적 악천후에 시달릴 것이라고 예측하고 있다.

연상 작용이 시작되어 생각이 쏟아지는데 종이도 펜도 없어 나는 주방을 달려 나와 집 안을 뒤진다. 종이에 글자를 휘갈겨 쓰다가 잠깐 고개를 들었더니, 가스레인지에 올려 두었던 우유가 금방이라도 끓어 넘치려 하고 있다.

아기가 태어나면 젖 냄새에 이끌려 천천히 내 가슴을 찾겠지.
태어나서 처음 보는 너무도 밝은 빛에 혼란을 느끼면서도
엄마의 젖꼭지를 향해 조금씩 몸을 움직이는 갓난아기들의
영상을 보았다.

◆

사람들이 임신의 안개에 대해, 건망증에 대해, 냉장고에 야무지게 넣어 둔 책에 대해 이야기한다. 지난주에 나는 새 친구를 사귈 기회가 있었다. 내 전화번호를 적어 주려는데 마지막 두 자리가 도무지 떠오르지 않아 애를 먹었다.

♦

나는 친구와 함께 우는 것을 좋아하지만 요즘엔 혼자 있을 때가 많다. 크리스와 싸우는 데 지쳐 욕실의 고독으로 후퇴한다.

한 친구가 자신도 임신했다는 사실을 알게 되었다며 "난 더 이상 혼자가 아니야."라고 말했다.

내가 욕실 바닥에서 흐느끼는 지금, 아기는 어떤 기분일까?

크리스가 노크를 했고 우리는 말싸움을 그만하기로 하지만, 나는 리놀륨 바닥에 엎드려 흐느끼는 것을 멈출 수가 없다. 오늘의 말싸움은 고양이에 관한 것이다. 방에서 우리와 함께, 아기와 함께 자게 해도 될지를 두고 싸웠다. 지금 내가 떠올릴 수 있는 건 고양이의 울음뿐이며 그걸 난 참을 수 없다. 사람들은 흔히 고양이 울음소리를 아기 울음소리로 착각하곤 한다. 그건 고양이가 인간세계에 똑똑하게 적응한 결과일 거라고 한다. 내가 지금 우는 이유는 안개 속에서 나 자신을 잃어버릴까 봐 두려워서이다.

하나의 안개는 다른 안개를 가리킨다. 나는 이 임신 중 눈물에서 다른 순간들에 흘렸던 눈물들의 형태를 알아볼 수 있다. 그래서 겁이 난다. 나는 벌써 길을 잃었나? 얼마나 멀리 왔나? 얼마나 더 멀리 가야 하나?

절망의 안개에 들어서면, 내가 좋은 반려자나 좋은 부모, 좋은 사람이 되기엔 너무 많이 우는 것 같아 두려워진다. 내 안의 무언가가 완전히 고장 난 것만 같고 그 어떤 집행유예(어느 즐거운 하루! 어떤 시詩!)도 일시적일 뿐이고 어딘가 잘못된 것 같아서. 그러나 모든 것이 더 크고 그로테스크해 보이는 것은 바로 안개 때문이다. 안개가 걷히면 나는 하늘을 가리키며 말할 수 있다. **봐, 저건 구름이야.**

크리스가 나를 사랑하는 방법 중 하나는 내가 우는 동안 기다리는 것이다. 그는 울음이 지나갈 거라고 얘기해 준다. 떠나지 않는다. 안개가 걷히면 그는 내가 글을 쓸 공간을 마련해 준다.

♦

진통이 시작되길래 샤워를 한다. 머리카락이 이렇게 떡이 져서는 다른 일에(아기를 낳는 일마저) 집중하기 어렵기 때문이고 아무래도 아직 시간이 좀 있기 때문이다. 하지만 샤워를 끝내고 보니 진통이 4분 간격으로 짧아졌다. 진통이 올 때마다 헤어드라이어를 동생에게 건넨다. 동생은 나의 출산을 위해 엄마와 함께 뉴잉글랜드에서 여기까지 날아왔다. 진통이 가시면 동생이 드라이어를 다시 건넨다. 마침내 나는 포기하고 긴 머리카락을 돌돌 말아 빵처럼 묶는다. 며칠 후 해방된 상태로 집에 돌아와 머리를 풀면 그때도 아직 젖어 있겠지.

♦

통증이 너무 심하다. 눈물을 흘리진 않는다. 신음한다.
난 나에게 들려줄 말을, 적당한 이미지를 찾아내려고 한다.
나는 고통의 작은 세발자전거를 탄 거대한 곰이다. 나는 바닥이 없는 갈색 종이봉투이며 고통은 내 밑으로 빠져나가고 있다.
그런다고 통증이 줄지는 않지만, 몸 안에 붙들고 있을 만한 것이 생긴다. 정확한 설명을 찾아냈다는 만족감이.

진통이 올 때마다 토하느라 하룻밤을 보낸 뒤, 다음 날은 무통 주사가 선사한 멋진 마비 상태에서 아이스바를 빨며 보낸 뒤, 의사가 제왕절개를 해야겠다고 한다. 대량 출혈의 위험이 있기 때문에 아기와 함께 자궁도 들어내야 할지 모른다고 말한다. 나는 처절하고 메마른 침묵으로 침잠하고, 밤새 잠을 이루지 못한 내 동생은 울기 시작한다. 동생이 왜 우는지 나는 이해한다. 어렵고, 어쩌면 슬픈 사건을 목격하고 있기 때문에 우는 것이다. 내가 왜 안 우는지 나는 이해한다. 내가 그 사건이기 때문이다.

눈물기관은 태어나기 전 몇 주에 걸쳐 형성되지만, 아기들이 태어나서 처음 우는 몇 번의 울음은 눈물 없는 고함이다. 나는 수술대에 붙박인 상태로, 의사가 내 갈라진 배에서 들어낸 아기가 울부짖는 소리를 듣는다. 이윽고 그가 내 자궁을 제자리에 집어넣는다.

아기가 태어나기 전에 나는 일종의 몰입식 출산 준비로 산부인과 병동에서의 출산과 탄생을 다룬 영국 리얼리티쇼 〈매분 태어나는 신생아One Born Every Minute〉를 몰아 보았다. 나의 거울뉴런이 반짝이며 바짝 반응했다. "불쌍하구나, 얘, 아이고 불쌍해." 나는 울부짖는 산모를 보며 중얼거렸다.

이제 겨우 아기에게 젖을 먹이는 동시에 노트북으로 《뉴욕 타임스》를 읽을 수 있게 되었다. 기사에 따르면 어떤 사람이 자신으로 인해 아기가 돌이킬 수 없는 뇌손상을 입었다고 단단히 착각하고 있었다. 죄책감에 휩싸인 엄마는 아기를 가슴에 고정하고 몸을 던졌다. 아기는 (기사 맨 마지막에 가서야 밝혀지지만) 죽지 않았다.[48] 나는 울지 않는다. 기사를 읽기 전부터, 이건 순전히 정보를 얻기 위해서 읽는 거라고 미리 감정을 차단했기 때문이다. 데이터라고, 내 아기가 젖을 빨며 쪽쪽거리는 이곳으로부터 멀리 떨어진 이야기라고. 이 엄마는 내가 아니고 이 아기는 내 아기가 아니라고. 그러나 우리 몸의 신경계에서 감정이입을 담당하는 거울뉴런 때문에 가슴이 조여 와 읽기를 그만둔다.

♦

감정이입은 일종의 구멍과 같고, 우리는 그 구멍을 통해 절망에 빠져든다. 구멍의 바닥은 눈물 때문에 미끄럽다. 감정이입은 왜 하는 것일까? 내 감정의 깊이를 알고 만족감을 느끼려고? 나 자신이 위험에 놓인 것도 아닌데, 머릿속으로 타인의 고통스러운 상황에 이입하는 일은 불필요한 무력감을 유발하고, 내가 살아가는 오늘의 일부를 움직여 다른 사람의 삶을 더 가능한 방향으로 끌어 주기는 어렵다. 게다가 내 몸은 언제든 구멍을 메우려고 하기에, 감정이입의 핵심은 무너지는 것이 아니다. 그대로 버티는 것이다.

사는 내내 흐느꼈다는 중세 영국의 신비주의자 마저리 켐프는 첫 아이를 출산한 뒤 오늘날이라면 산후 정신병이라고 해석될 만한 증상을 보이기 시작했다.

> 악마들이 화염으로 불타는 입을 벌리고 마치 그를 삼키려는 것처럼, 때로는 거칠게 만지고 때로는 위협하고 때로는 밤낮으로 이리저리 잡아당기고 잡아끄는 것을 보았다. (…) 그들의 부추김에 여러 번 스스로 목숨을 끊을 뻔했으며 그들과 함께 지옥의 나락에 빠질 뻔했다. 그 증거로 자기 손을 거세게 물어 평생 그 자국이 남게 했다.[49]

켐프는 예수그리스도의 방문을 받고 제정신으로 돌아왔다. 자줏빛 비단옷을 입은 예수가 (가브리엘은 그 모습을 보고 **'왕자님 같아!'**라고 말한다) "너무도 복된 표정으로 그를 바라보자 그의 온 정신이 힘을 얻었다".[50]

♦

언젠가 예루살렘을 향하던 켐프는 강렬한 환희의 눈물을 흘리다 당나귀에서 떨어질 뻔했다.[51] 그 순간 웃음을 터뜨리면 좋았을 텐데, 켐프는 그러지 않았다.

♦

바로 이것이 영문학 역사 최초의 자서전이다.* 시작부터 이렇게 축축했다니!

* 그의 책 『마저리 켐프 서(The book of Margery Kempe)』를 말한다.

♦

아기는 태어난 지 일주일이 되었고 울음을 그치려 하지 않는다. 나는 아기에게 〈내 아기가 되어 줘〉를 불러 주지만, 우리의 현재 상황에는 전혀 들어맞지 않는 노랫말에 나까지 울음이 터질 뿐이다. 한 시간쯤 시끄럽게 굴고 있자니 엄마가 우리를 돕기 위해 침실로 들어오려 하지만 나는 나가라고 한다. 다음 차례는 크리스, 그다음은 동생이다. 그들의 걱정스러운 얼굴을 보니 내가 어떤 꼴인지 아주 잘 알겠고, 그 동정심이 전해져 나까지 안타까울 지경이다. 그러나 우리가 울음을 그칠 생각이라면 동정심을 허락해서는 안 된다. 우리는 눈을 감고, 우리 둘만이 되어, 자신이 아니라 서로를 보려고 한다.

♦

내가 아는 거의 모든 것은 책에서 읽은 내용이다. 엄마는 내가 육아에 관한 글을 너무 많이 읽었다고, 이론에만 빠삭하고 진심은 전혀 없다고 걱정한다. 정말 그런지도 모르겠다. 때론 내 안에 공기보다 글자가 더 많은 것 같다. 나는 검은색 단어들을 받아들이고 다듬고 저장하는 방법을 알기 때문에 책에서 읽은 내용을 지침으로 생각하고 있다. 어렸을 때 나는 엄마가 가지고 있던 『당신의 뛰어난 자녀Your Gifted Child』를 읽은 뒤 거기에 적힌 대로 행동하려는 이상한 시도를 한 적이 있다. 또 나중에는 엄마의 『오필리아 되살리기Reviving Ophelia』를 빌려 읽었다. 이 책의 저자는 성폭행, 식이 장애, 자해, 자살 사고를 경험하는 청소년기 여성을 치료하는 일에 대해 이야기한다. 우리는 최선을 다해 준비한다.

심지어 빌이 어떻게 죽었는지 알게 된 것도 마티아스가 쓴 시를 읽고 나서이다.

마지막으로 빌 캐시디를
윌리엄스버그에서
마주친 때를
생각한다
우리 둘 다 대충
언제 한번 만나!
했지만 뉴욕이라는 곳에선
언제 한번 만나자고 해도
그럴 일 없다는 걸
우리는 알았다

이윽고 줄스가
그가 자살했다고
연례 작가 회의에서
알려 주었고
우리는 울었고
판매용으로 쌓여 있는 책을 보았다
캘리포니아대학 출판부의 테이블 위를.[52]

그날 아침 줄스는 나에게도 전화를 걸었고 나는 호텔 욕실에서 전화를 받았지만, 내가 차가운 바닥으로 무너져 내리며 되뇌었던 **안 돼, 안 돼** 하는 말이 그가 자살했다는 사실을 내 장기 기억에 자리 잡지 못하도록 어떤 식으론가 방해했던 것 같다. 내가 확실히 알게 된 것은, 이해하게 된 것은 마티아스의 시를 읽고서였다. 나에겐 전화기로 그의 죽음을 헤아리는 것이 불가능했으나 책을, 시를 헤아리는 것은 가능한 일이었으므로.

♦

줄스를 처음 만난 때가 기억난다. 빌과 함께 레이철 저커의 낭독회에 가는 길이었다. 봄이었고 햇빛이 내리쬐었지만 아직 추웠다. "당신은 내게 무슨 어두운 짓을 했나요?" 저커는 한 시에서 물었다. "그러나 충분히 어둡지 않아요."[53]

♦

태어나 첫 한 달 동안 아기는 우편으로 꿈을 수신한다.
꿈은 하루에 한 통, 분홍색 10호 봉투에 담겨 온다. 우리가
마티아스의 꿈 배달 서비스에 아기를 등록했다. "너는 밧줄을
붙잡고 하늘 높이 올라가고 있어." "너는 바구니에 담겨 강을
떠다니고 있단다." "넌 달라이 라마를 상대로 체스를 두고
있는데 그가 봐주고 있다는 의심이 들어." 6월 30일,
마지막 날에 그는 이렇게 쓴다.

> 너는 거울을 들여다보고 있어. 하지만 거울 속의 아기는
> 네가 하는 행동을 따라 하지 않아. 네가 팔을 움직여도 거울
> 속 아기는 팔을 움직이지 않아. 대신 머리를 움직여. 네가
> 머리를 움직이면 거울 속 아기는 입을 벌려. 그 입 안엔
> 어항이 들어 있고 물고기 몇 마리가 원을 그리며 헤엄치고
> 있어. 그걸 보고 넌 웃음을 터뜨려. 네가 크면 네 안에
> 물고기가 가득할 테고, 물고기들이 널 행복하고 강하게
> 만들어 주리란 사실을 아는 거야.

마티아스와 줄스가 아직 연인이던 때 마티아스는 목을 맬
올가미를 만들었다. 분홍색 봉투 하나하나는 그가 목을 매지
않았음을 뜻한다.

사람은 언어가 무력해질 때 우는 거라고들 한다. 말로는 더 이상 우리의 아픔을 적절히 전달할 수 없을 때 우는 것이라고. 나는 울음이 말이 될 수 있을 때 주먹을 쥐고 내 머리를 때린다.

◆

열네 살 때, 보드카를 마시고 엄청나게 취한 적이 있다. 엄마가 발견하고 꾸짖자 난 머리로 창문을 깼다. 아빠는 바다에 나가 집에 없었다. 엄마는 경찰을 불렀다.

♦

그들이 도착하기 전에, 그들이 와서 나를 병원으로 데려가기 전에 나는 옷을 반쯤 벗고 울면서, 노래하면서, 소리를 지르면서 욕조에 들어갔다. **난 죽고 싶어**(I want to die), **난 죽고 싶어**, 하고. 그게 내 몸이 아는 노래이다.

하지만 나는 이 노래가 안에서 왔는지 밖에서 왔는지, 이 세계의 구조물들이 끄집어낸 것인지 내 핏속에 들어 있는 구조물들이 끄집어낸 것인지 알 수가 없다. 둘 다이고 둘 다 아니다. 단 몇 개의 말로 된 노래. 주어 동사 to 부정사. 나는 이 노래를 거기 그대로 둔다. 변형 없이.

♦

대학에서 망명 시인에 관한 데버라 디거스의 수업 내용 중 4분의 1은 실비아 플라스가 주인공이었다. 데버라는 이 시인이 역경에 부딪힌 젊은 엄마였던 점에 특히 공감하는 듯했다. 문득 플라스의 다양한 정체성이 내 머릿속에서 식(eclipse)이 일어나듯 일직선으로 정렬했던 그 느낌이 기억난다. 어느 쪽이 해이고 어느 쪽이 달이었는지는 모르겠다. **달은 문(door)이 아니다. 달은 그 자체로 얼굴이다.**[54] 우리가 함께 읽은 네 시인(플라스, 마리나 츠베타예바, 안나 아흐마토바, 마리아 엘레나 크루즈 바렐라) 중 둘이 자살했다. 아흐마토바는 심장마비로 죽었다. 바렐라는 아직 살아 있다. 2009년 4월 10일 데버라는 애머스트의 자택 근처에 있는 매사추세츠대학의 경기장에서 뛰어내려 죽었다.

♠

어떤 시간엔가 우리는 실비아 플라스의 「튤립들Tulips」에 대해 이야기했다. 내가 사랑하는 이 시에서 튤립(입원한 환자가 선물로 받은 꽃)은 시인이 꽃과 자기 자신의 몸을 다시 상상하는 동안 쉴 새 없이 이런저런 이미지를 오가며 일련의 극적인 은유적 변형을 겪는다. 어느 시점엔가 데버라는 시인이 혹시 그 꽃에 과잉 반응한다고 생각하는 사람은 없느냐고 우리에게 질문을 던졌다. 그는 그 생각을 시험하듯 말했다. "그건 그냥 **튤립**인걸, 실비아."

지난 크리스마스 때 동생은 약혼자에게 『패턴 랭귀지A Pattern Language』라는 책을 선물했다. 집을 짓고 동네를, 마을을, 지역사회를 구축하는 방법에 관한 책이다. '패턴 랭귀지라는 시'라는 장에는 이렇게 쓰여 있다.

> 여러 패턴을 다소 느슨하게 꿰어 건물을 짓는 것도 가능하다. 이런 방식으로 만든 건물은 패턴들의 조립이라고 할 수 있다. 이 건물은 촘촘하지 않다. 심오하지 않다. 이와 달리 여러 패턴이 동일한 물리적 공간에 겹치도록 한데 모으는 것도 가능하다. 이 건물은 매우 촘촘하다. 작은 공간에 여러 의미가 담겨 있고, 이 밀도 덕분에 건물이 심오해진다.[55]

♦

경기장에서 죽는 건 이상한 선택이 아닐까. 리사 올스타인은 이러한 생각으로 시작하여 다른 어딘가로 하강하는 시를 썼다. "나라면 / 다리를 선택했을 텐데."[56] 다리는 심오하고 연결부가 촘촘하다. 건축물이라기보다 은유에 가까울 정도로 촘촘하다. 존 베리먼은 은유에서 뛰어내려 죽었다. 『다리Bridge』라는 시집을 펴낸 하트 크레인은 다리에서 생을 마감하지 않기로 하고 대신 배를 타고 바다로 나가서 미끄러져 내리는 방법을 선택했다. 제임스 볼드윈은 다리까지 갔다가 걸음을 돌렸다.[57] 다리는 달과 마찬가지로 여러 개이다. **달은 나의 어머니. 나는 그로부터 멀리 떨어져 내렸다.**[58] 그러나 경기장. 경기장은 산문 같고 정보 같다.

♦

주방에서 샌드위치를 만들고 있는 지금, 라디오가 전하기를 우리 옆 마을에서 경찰이 월마트를 돌아다니던 흑인 소년 존 크로포드 3세를 쏘았단다. 그는 가게에 진열되어 있던 장난감 총을 들고 있었다. "안 돼, 안 돼, 안 돼." 나는 말한다. 울며 외친다. 그런데 누구에게? 아기는 자고 있다. 라디오는 내 말을 듣지 못한다. 라디오는 이제 날씨를 전한다.

◆

『배가 지나간 자리에서: 흑인성과 존재에 관하여In the Wake: On Blackness and Being』에서 크리스티나 샤프는 "날씨는 우리가 처한 환경의 총체이다. 날씨는 기후의 총합이다. 그리고 그 기후는 반흑인적이다."라고 말한다.[59] 샤프도 내 선생이었다. 나는 지금도 계속 배운다. 대배심이 타미르 라이스를 죽인 경관 두 사람을 기소하지 않기로 결정한 날, 애슐리 C. 포드는 이렇게 쓴다. "열두 살 소년이 살해당한 사건이 '인간의 결함이 일으킨 절묘한 폭풍' 때문이었다고 한다면, 우리는 그 사건을 일으킨 날씨를 궁금해해야 마땅하다."[60]

•

'하얀 눈물'은 문득 제도적 인종차별을 인식하게 된, 혹은 자신과 백인 우월주의의 관련성을 깨닫게 된 백인이 흘리는 눈물이다. 하얀 눈물은 상상 속의 공격에 대한 방어이기도 하다. 백인이 자신의 감정을 상하게 하는 대화를 차단하는 방법인 것이다. "지금 나를 **인종주의자**로 보는 건가요?" 그리고 흐느낌 시작. 브리트니 쿠퍼는 백인성과 여성성이 교차하는 지점에 존재하는 눈물의 특수한 힘에 대해 다음과 같이 설명한다.

> 백인 여자의 눈물은 별로 대단해 보이지 않을 수 있지만, 사실은 상당히 위험하다. 백인 여자가 눈물을 통해 자신이 불안하다고, 오해당했다고, 또는 공격당했다고 신호를 보내면 온 세계가 그들을 방어하러 나선다. 백인 여성이 곤경에 처했다는 상상은 어떤 이유에서인지 모든 남성의 보호본능을 자극한다. 인종을 가리지 않고 모든 남자를 대상으로.[61]

나는 그 눈물을 되찾고 싶은 게 아니다. 나는 그런 눈물의 진짜 의미를 알고 싶고, 그 너머를 읽어 내고 싶다. 하지만 그런 눈물은 무겁다. 지금 같은 날씨엔 더더욱.

로널드 리치(존 크로포드를 911에 신고하라고 시킨 백인 여자의 백인 남편)는 사고 접수자에게 크로포드가 어린아이들에게 장난감 총을 겨누고 있노라고 월마트의 상황을 거짓으로 전했다. 감시 카메라에 찍힌 영상을 보면 아이들과 그들의 엄마(앤절라 윌리엄스라는 백인 여자)는 크로포드 옆에서 무심히 쇼핑을 하고 있었다. 경찰이 도착하여 크로포드를 쏘았을 때 윌리엄스는 겁을 먹고 아이들과 함께 달리다가 심장마비로 죽었다. 존재하지도 않는 백인 여성을 구해야 한다는 명분으로 경찰은 한 흑인 남자와, 그가 울리려고 했다는 백인 여자를 죽였다.[62]

또는 이렇게도 말할 수 있겠다. 리치 부부 같은 사람들은 우리 같은 백인 아이와 백인 엄마를 보면 우리의 몸이 눈물로 가득 차서 곧 흘러넘칠 것이라고 생각한다고. 그래서 장난감 총에 진짜 총알이 장전되어 있다고 생각하기에 이른다고. 그들은 마땅히 살인을 요구해도 되는 이상기후를 우리에게서 발견한다고.

1908년 매사추세츠주 클라크대학의 백인 대학원생 앨빈 보르키스트는 울음에 관한 최초의 심층적인 심리학 연구를 발표했다. 그가 연구 데이터를 수집하려고 만든 설문지는 다음과 같은 지시문으로 시작한다.

> 마음껏 울었던 울음에 대해 기술해 주십시오. 그 울음은 철저한 절망감을 가져다주었습니까? 당신이 경험한 바를 최대한 자세하게 설명해 보십시오. 당신이 느낀 주관적인 감정, 울음의 경과, 울음을 일으키거나 증폭시킨 원인, 울음의 신체적 증상, 그리고 모든 여파에 대해 써 주십시오. 이 설문의 목적은 철저한 불행에 따른 진실되고 자발적인 흥분 또는 위기가 어떤 식으로 나타나는지 알아내는 데 있습니다.[63]

♦

보르키스트는 미국 전역의 학교에 설문지를 보냈고 "여성 161명과 남성 39명" 으로부터 회신을 받았다.[64] 내 짐작에 (그가 응답자의 인종을 표시할 필요를 전혀 느끼지 못했으므로) 응답자는 전부 백인이었을 것이다. 보르키스트는 그 연구 자료를 "주로 미국 민족학연구국을 통하여 확보한 민족학 데이터 및 이 연구국의 보고서, 그리고 원주민 지식 보관소의 보고서로 광범위하게 보완했다"고 설명한다.[65] 그는 W. E. B. 듀보이스*에게도 편지를 보냈는데 거기서 그는 이 연구를 위해 준비한 질문이 아닌 다른 질문을 던진다.

> 안녕하십니까.
> 우리는 감정의 표출로서 작용하는 울음이라는 주제에 관해 연구하고 있으며, 유색인에게 나타나는 울음의 특성들에 관해 알고 싶습니다. 이 주제와 관련하여 도움을 줄 수 있는 사람으로 선생님을 추천받았습니다.
> 우리는 특히 다음과 같은 중요한 측면에 관해 알기를 희망합니다.
> 1. 흑인은 눈물을 흘리는가.[66]

* 미국의 저술가·흑인 운동 지도자로, 하버드대학에서 흑인 최초로 박사 학위를 받았다.

루실 클리프턴*은 보르키스트의 질문을 접한 뒤 자신만의 '답변'을 만들었다.

> 남자는 눈물을 흘린다
> 여자는 눈물을 흘린다
> 그들은 살아간다
> 그들은 사랑한다
> 그들은 노력한다
> 그들은 지친다
> 그들은 달아난다
> 그들은 싸운다
> 그들은 피 흘린다
> 그들은 부서진다
> 그들은 한탄한다
> 그들은 애도한다
> 그들은 흐느낀다
> 그들은 죽는다
> 그들은 그렇다
> 그들은 그렇다
> 그들은 그렇다[67]

* 아프리카계 미국 시인으로, 2007년 미국 시인이 받을 수 있는 가장 권위 있는 상 가운데 하나인 '루스 릴리 시문학상(Ruth Lilly Poetry Prize)'을 수상했다.

♦

어느 순간 클리프턴은 마지막의 '그들'을 '우리'로 바꿀까 생각하다가 그러지 않기로 했다.[68] 그가 왜 그러지 않기로 했는가에 대해서는 기록을 남기지 않았지만, 그 결정이 나에게는 화자가 백인 독자에게 던져야 했을 지긋지긋한 질문을 떠올리게 한다. **대체 내가 몇 번을 말해야 알아듣겠는가?**

울음을 촬영한다는 건 어떤 일일까? 울음에 개입하고 싶은 충동을 억누르고, 대신 기록하고 싶은 충동을 선택한다는 것은? 찰스 다윈은 이렇게 썼다. "아기들이 소리를 지를 때는 관찰하기가 쉽다. 그러나 그 순간에 촬영된 사진이야말로 찬찬히 들여다볼 수 있다는 점에서 가장 좋은 관찰 수단이라 할 수 있다."[69] 그래서 다윈은 때때로 다른 사람들이 찍은 사진을 활용했다. 하지만 본인 자식들의 눈물과 외침을 직접 관찰하는 경우도 많았다.

> 아직 어린 아기들은 눈물을 흘리거나 흐느끼지 않는데, 이는 간호사나 의사들에겐 익히 알려진 사실이다. 그 이유가 눈물샘이 아직 눈물을 분비할 수 없어서라고만은 보기 어렵다. 내가 이 사실을 처음 알게 된 것은 태어난 지 77일 된 내 자식의 뜬 눈에 실수로 코트 소맷부리를 스쳤을 때로, 아이의 한쪽 눈이 아낌없이 눈물을 흘렸다. 또 아이가 격렬하게 소리를 지르는데도 다른 쪽 눈은 눈물을 흘리지 않았거나 눈물이 살짝 맺힐 뿐이었다.[70]

우리 아기는 태어난 지 3개월 후 예방접종을 맞은 날 병원에서 첫 눈물을 흘린다. 나는 아기를 가슴에 안고 젖을 물리면서 눈물을 줄줄 흘리는 얼굴을 들여다본다. 이 순간을 어떻게 보존할 수 있을까. 어떻게 하면 이 눈물을 저장할 수 있을까. 나는 입술로 그 눈물을 닦아 주고 글로 그 눈물을 기록한다.

집에서 아기가 울고 있을 때는 아기를 위로해야 한다는 생각밖에 들지 않는다. 나에게서 언어가 사라진다. 나는 크리스에게 말한다. "저리 가." 나는 그에게 말한다. "꺼져 버려." 내가 떠올릴 수 있는 말은 그뿐.

◆

이번 주말, 내 생일날에 나는 미국인 할머니의 장례식에 참석하러 아기와 함께 플로리다로 내려갈 예정이다. 챙겨야 할 물건 목록은 지난밤에 써 두었다. 고무 기린, 해를 가릴 모자, 워터프루프 마스카라. 아기는 처음으로 바다를 보게 될 것이다.

동물의 몸에 눈물기관이 처음 생긴 것은 물고기가 양서류로 진화했을 때이다.[71] 우리는 물을 떠난 뒤 우리가 버리고 온 고향 때문에 눈물을 흘리기 시작했다.

♦

상선을 타는 뱃사람이었던 아버지는 더 이상 바다에 나가지 않는다. 퇴직한 뒤로 정원을 가꾸느라 바쁘다. 그 전에는 캘리포니아에서 일본까지 바다를 건너면서 그 거대한 컨테이너선이 '태평양의 거대 쓰레기 섬'에 닿지 않게 배를 몰곤 했다. 물고기들은 울지 않는다. **울 수 없다.**

장례식에서 아버지는 우는 모습을 보이지 않는다.
사제는 옷깃에 클립으로 끼운 마이크가 틱틱거리며 잡음을 내자 디지털 장비가 늘 애를 먹인다는 말로 몇 분을 때우다가 전혀 자연스럽지 않게 죽은 할머니 이야기로 넘어간다.
"그러나 마거릿은 이제 기술적인 어려움에 대해 걱정할 필요가 없게 되었습니다." 사제가 할머니 자녀들에게 망자에 관한 특별한 기억을 들려 달라고 하자 그들은 특별하지도 않은 공허한 이야기를 늘어놓는다. 할머니는 가족을 사랑하셨다고, 할머니는 아주 열심히 일하셨다고. 장례예배가 끝난 뒤 별 특색 없는 단체실에 마련된 가족 모임에서 내가 속한 작은 가족(아버지, 어머니, 동생, 딸, 나)은 한 테이블에 둘러앉는다.
동생은 붉고 피곤한 얼굴로 우리가 고모들, 삼촌들을 잊고 있었다고, 할머니에게 사랑을 제대로 표현하지 못했다고 운다. 우리는 차가운 베이글을 먹는다. 누군가 동생에게(전에 평화봉사단에서 활동했다) "아프리카에 있는 그 사람들"을 위해 무엇을 하면 좋으냐고 심각하게 묻는다. 나는 가슴에 세로 지퍼가 달린 검은색 원피스를 입고 있다. 눈에 띄지 않게 아기에게 젖을 물릴 수 있는 옷이다. 지퍼의 당김 고리가 마치 서투른 스트리퍼의 젖꼭지에 달린 술장식처럼 달랑달랑 빛난다.

내 동생과 내가 함께 기억하기로 아버지가 울었던 날은 딱 하루인데, 사실 난 잘 기억나지 않는다. 대신에 나는 동생이 그날에 대해 쓴 글로 그 일을 기억하고 있다.

> 내가 아버지의 머리카락을 자른다. 그러다 왼쪽 오른쪽이 헷갈려 귀 뒤쪽 머리를 너무 짧게 잘라 버렸다. 내가 선택지를 설명한다. "아빠, 미안해요. 약간 문제가 생겼어요." 그는 돌아보지 않는다. "아예 전체를 다 짧게 자르든가, 아니면 저쪽도 똑같이 해야겠어요. 어떻게 할까요?" 그는 일어나서 거울을 보려고 하지 않는다. 내가 손거울을 가져다줘도 보려 하지 않는다. 그는 나에게 주의사항을 읽었느냐고 묻는다. 나는 주의사항을 읽었다고 말한다. "내가 그거 읽을 때까지 아빠가 못 자르게 했잖아요." 그는 앞에 있는 냉장고만 똑바로 바라보고 있다. "뭘 어떻게 했든 상관없다." 그가 명령했다. "알아서 해결해." 그는 나를 보려고 하지 않는다. 나는 윙윙거리는 기계를 조리대에 내려놓은 다음 주방 한가운데 의자에 앉아 있는 아버지로부터 몸을 돌린다. 구석으로 간다. 나는 울기 시작한다. 헤더가 내가 있는 구석으로 온다. 아버지가 구석으로 다가온다. 우리 모두 한구석에 모여, 우리 모두 운다.[72]

주방은 눈물을 흘리기에 가장 좋은 공간, 다시 말해 가장 슬픈 공간이다. 침실은 너무 편안하고 욕실은 너무 은밀하고 거실은 너무 관습적이다. 주방에서, 일하고 먹이는 그 공간에서 산산이 무너지는 사람이 있다면, 그 사람은 진실로 풀어져 내린 것이다. 주방의 밝은 조명은 어떤 위로도 없이 밝게 비추기만 한다. 주방의 매끈한 바닥은 그저 차갑다.

♦

페미니스트이며 작가이자 산후 우울증을 포함하여 여러 우울증을 앓았던 샬럿 퍼킨스 길먼은 1898년 각 가정에서 주방을 없애야 한다고, 주방이 요구하는 일 때문에 여자들이 다른 종류의 활동을 할 시간이 전혀 없다고 주장했다. "가정의 더러움을 이루는 가장 큰 두 요소(기름기와 재)를 없앤다면 각 가정에서 요구되는 청소일이 훨씬 줄어들 것이다."[73] 그와 함께 눈물도 줄어들리라는 말은 하지 않았다.

어떤 교회에 가면 '울음방'이 따로 마련되어 있다. 울부짖는 아기가 다른 신도들을 방해할 것 같으면 부모는 방음 처리가 된 이 공간으로 후퇴할 수 있다. 그런 방에는 흔히 큰 창문이나 있어 교회 내부를 볼 수 있고, 스피커도 있어서 설교와 합창을 들을 수도 있다. 이런 관습에 익숙하지 않은 사람(예를 들면 결혼식이나 장례식에 온 손님)은 때로 그 용도를 오해하는데, 그도 그럴 법한 일이다. 내가 아는 시인 중 바로 그렇게 오해한 모든 사람이 단 한 명의 예외도 없이 그 아이디어에 매료됐다.

◆

울음방은 특히 가톨릭교회에 많은 것 같다. 어떤 남자가 나에게 이런 이야기를 들려주었다. 그는 울음방에서 고해성사를 하며 자기가 지은 죄에 대해 용서를 구했다. 그때까지는 한 번도 진지하게 고해성사에 임한 적 없었던 그는 고통에 못 이겨(이혼의 여파와 정신질환으로 힘겨워하던 때였다) 제 영혼을 낱낱이 드러내기로 했다. 그러나 사제의 반응은 냉정하고 무심한 대본 같았다. 예수에게 돌아오라는 판에 박힌 충고가 전부였다. 고해신부가 이야기를 듣지 않고 마음을 주지 않자 남자는 울면서 울음방에서 달려 나왔다.

마저리 켐프의 광기 혹은 악마 들림 혹은 고난은 첫아이를 출산한 뒤 시작되기도 했지만, 앞서 말한 경우처럼 사제가 그의 고해를 제대로 들어 주지 않은 결과이기도 했다. 책에는 켐프가 정확히 어떤 종류의 죄를 지었는지는 나오지 않지만, 어쨌든 그는 그 죄의 무게에 짓눌려 있었고, 그의 머릿속에서 악마는 "그 잘못을 용서받지 못했으니 너는 저주를 받아 마땅하다"고 말했다.[74] 그리하여 출산 후 죽을 만큼 두려워진 켐프는 고해신부를 찾았으나, "그토록 오랫동안 숨겨 온 그 일을 털어놓으려는 그때, 고해신부는 약간 지나치게 서두르면서 켐프가 말을 다 하기도 전에 따갑게 질책하기 시작했다".[75] 결국, "자신이 저주받았다는 두려움을 한 켠에 품고, 또 한 켠으로는 신부가 자신을 따갑게 질책했다고 생각하며 이 피조물은 정신을 잃은 뒤 망령들에게 놀라울 정도로 괴롭힘당하고 고문당했다".[76]

가끔 나는 사람들의 눈물 이야기를 들을 때, 그러니까 그들의 고통에 관한 이야기를 들을 때, 내가 저 사제들과 같은 실수를 저지를까 봐, 사람들이 너무도 알아주었으면 하는 이야기를 귓등으로 들을까 봐, 그들을 다시 한번 울게 할까 봐 두렵다.

◆

1975년, 〈너무 슬퍼 이야기할 수가 없어〉를 제작하고 5년이 흐른 뒤 바스 얀 아더르는 〈신기한 것을 찾아서In Search of the Miraculous〉라는 제목의 새로운 연작에 착수했다. 3부 중 첫 번째 설치 작품은 아더르가 밤에 로스앤젤레스를 걸어 다니며 플래시 불빛에 의지하여 무언가를 찾는 모습의 사진들로 구성되었다. 두 번째 설치 작품에서 아더르는 혼자서 작은 돛단배로 대서양을 건너려고 했다. 그가 가르치던 미대 학생들이 뱃노래를 부르며 그를 배웅했다. 세 번째 작품은 다시 한번 밤길을 배회하는 사진이 될 것이었고 이번엔 암스테르담이 그 배경이었으나 아더르는 항해 도중 사라졌고 그리하여 3부작의 마지막 작품은 가능성인 채로, 개념인 채로, 실행되지 않은 채로 남았다.[77]

바스 얀 아더르가 배를 타고 바다로 나간 지 3개월 후 그의 어머니는 이런 시를 썼다.

> 내 심장이 뛰는 것도 느낀다. 당분간 계속 뛰겠지. 그러다 멈추겠지.
> 내 심장과 함께 뛰었던 그 작은 심장은 이제 멈춘 것일까.
> 그가 탄생의 경계를 넘었을 때 나는 그를 내 가슴에 눕히고
> 품 안에서 그를 얼렀지.
> 그땐 정말 작았는데.
>
> 한 남자의 창백한 몸이 파도의 품 안에서 흔들릴 때
> 그때도 정말 작은데.[78]

누군가가 바다에서 실종됐을 때, 남은 이들이 느끼는 특별하게 잔인한 감정은 언제 눈물을 흘려야 하는지 알 수 없다는 데 있다. 오늘인가? 한참 전일까? 안갯속이다.

1991년 우리 동네 사람들이 그들이 가진 모든 것에 노란 리본을 묶고 있을 때, 나의 아버지는 유조선에 타고 있었고 그 배가 페르시아만에 남아 있는 유일한 민간 선박이었다. 그가 집에 없던 반년간 엄마와 동생과 나는 저녁 뉴스에서, "피해 없이 바다 쪽으로" 진로를 바꾼 미사일을 나타내는 녹색 점이 찍힌 검은 화면을 지켜보곤 했다. 어느 날에는 주방에 들어섰다가 엄마 무릎에 앉은 동생과 엄마가 함께 눈물을 흘리는 모습을 발견했다. 잘못된 건 없었다. 그러니까 새롭게 잘못된 것은 아무것도 없었다. 전쟁은 완전히 잘못되었지만 그 안에서 아버지는 무사했다는 뜻이다. 그러나 동생과 엄마는 걱정과 기다림에 지쳐 있었다. 엄마는 나를 향해 팔을 벌려 셋이 함께 껴안고 있자고 청했지만 나는 고개를 저었다. 우리 **모두**가 울어선 안 된다, 고 판단했기 때문에.

나는 우리가 각각 한구석에 자리 잡은 삼각형이라고 생각했다. 삼각형 중에서도 이등변삼각형이 되어야 했다. 부등변삼각형은 너무 불안정하고 정삼각형은 너무 작위적이었다. 나는 둘 다 신뢰할 수 없었다. 지금 나는 이 말을 과거형으로 쓰는 척하지만 사실대로 말하면 그런 감정이 지금도 남아 있다. 내가 그날 울 수 없었던 이유는, 내가 둘과는 다른 각도를 유지하면서 이 삼각형이 계속해 나갈 수 있을 딱 그만큼의 불균형을 만들어야 했기 때문이다.

그런데 난 여기까지 글을 쓰면서 무엇보다 우는 방법에 대해 아직 설명하지 못했다! 울음을 시작하기 어려운 사람은 훌리오 코르타사르가 「우는 방법에 관한 지침들Instructions on How to Cry」에 쓴 대로 "개미로 뒤덮인 오리"를 상상하거나 **"아무도 절대 항해하지 않는"** 바다를 상상해 보길.[79]

저세상에서 코르타사르와 아더르는 작은 배에 마주 앉아 있을 것 같다. 예의 바르게 순서를 바꿔 가며 완벽하게 우는 행위를 연습하다가 결국엔 둘 다 웃음을 참지 못하고 바다 공기를 웃음으로 채우고 있을 것이다.

울어서 기분이 나아지진 않는다. 우리는 단순히 그럴 거라고 생각하거나, 더 중요하게는 과거에 언젠가 울어서 기분이 나아진 적 있다고 생각한다. **밖으로 내보내요,** 라고 어떤 가상의 인물이 지시하면 우리는 눈물을 흘리며 복종한다. 하지만 실험에서 피험자들에게 울고 난 직후 기분이 어떤지 물어보면 울기 전보다 나빠진 때가 많다. 그 이유는 익히 짐작할 수 있다. 우는 장소가 실험실이라는 점에서, 피험자들은 도움을 구하려고 눈물을 흘리지만 연구자들은 자기가 자극한 사람을 거의 위로해 주지 않기 때문이다.[80]

레이철은 내 생각에 동의하지 않는다. 자신에겐 울음이 거대한 해방이라고 한다. 또 반달은 타코처럼 생겼다고도 해서, 레이철은 역시 진실과 즐거움을 모두 이야기할 줄 안다고 나는 느낀다.

6월이다. 크리스와 나는 매사추세츠주의 한 작가 협회에서 강연하기로 예정되어 있다. 그런데 아기가(이제 꼬박 한 살을 채웠다) 중이염에 심하게 걸리는 바람에 나는 오하이오 집에 아기와 함께 남아야 한다. 크리스 혼자 간다. 나는 보고 싶은 친구들과 소중한 시간을 보내지 못하게 되어 운다. 어머니가 아닌 누군가가, 중요한 존재가 될 기회를 잃고 운다. 크리스는 우리의 옛 선생님이자 우리가 사랑하는 시인이며 대러의 남편, 에밀리와 가이의 아버지인 제임스와 함께 낭독을 하기로 되어 있다. 크리스가 집에 온다. 제임스가 죽는다. 나는 다른 사람이 그러하듯 그의 시를 다시 찾아 읽는다.

당신은 울 수 없다.
나는 어떤 일도 할 수 없다,
한때는 우리에게
한 줌 의미를 가졌던 그 어떤 것도.
나는 바늘 같은 소나무 잎으로
당신을 덮는다.

아침이 오면
우리의 몸 주위에
성당을 짓겠다.

그러면 무릎으로 노래하는

귀뚜라미들이

밤에 그리로

찾아와 슬퍼하며

더 이상 노래하지 못할 것이다.[81]

나는 에밀리와 울음을 그치는 기술에 관해 논한다. 그냥 울고 싶지 않은 때가 있잖아, 하면서. 색을 하나 골라, 에밀리가 말한다. 그리고 방에서 그 색을 가진 모든 것을 찾아. 나는 파란색을 고른다. 진녹색을 고른다. 하루는 에밀리에게 전화해서 만약 내가 울기 시작하면 닭처럼 꼬꼬댁거려 달라고 한다. 내 목소리가 떨리기 시작하자 에밀리는 당황해서 오리처럼 꽥꽥거린다. 그래서 나는 웃으면서 울고 있다. 축축하고 시끄럽고 고맙다. 마치 심장의 안쪽이 겉으로 뒤집어진 것 같은 기분이다.

울음을 멈추는 방법은 그 밖에도 여러 가지가 있다. 나는 어느 날 조앤 디디온의 글을 읽다가 새로운 방법을 하나 배운다.

> 한번은 울음에 대한 해결책으로 머리를 종이봉투에 집어넣어 보았다. 알고 보니 이러한 행동에는 생리학적으로 타당한 이유가, 뭔가 산소와 관련된 이유가 있었지만, 심리적 효과만 해도 대단하다. 머리를 푸드페어 봉투에 집어넣은 채로는 자신이 『폭풍의 언덕』의 주인공 캐시라고 상상하기가 극도로 어렵기 때문이다.[82]

♦

위키하우(wikiHow)에 나온 '울음을 멈추는 방법'에서 내가 특히 좋아하는 단계는 "목에 걸린 덩어리를 빼낸다"이다.[83] 의지가 집도하는 수술. 나는 고무젖꼭지를 뱉듯이 손에다 덩어리를 뱉는다고 상상한다.

눈물을 멈출 수 없을 때, 또는 엄청 운 얼굴로 사람들을 만나야 할 때는 알레르기나 감기라고 거짓말하고 숨는 방법이 있다. 롤랑 바르트처럼 짙은 선글라스를 쓰는 방법도 있다.

> 이 행동에는 면밀히 계산된 의도가 있다. 한편으로는 (내가 클로틸드 드 보라고 상상하면서) 냉철함이라는, '위엄'이라는 도덕적 우위를 장악하고 싶고, 모순적이게도 또 한편으로는 사람들에게 다정한 질문("그런데 무슨 일 있어요?")을 끌어내고 싶은 것이다.[84]

그러나 나는 그 다정한 질문이 두렵다. 결코 떠오르지 않는 답을 떠올리려고 하다가 결국 더 많은 눈물을 흘릴 뿐이기에. 사람들이 나를 돕지 못하게 하려면 거짓말 뒤에 숨으면 된다. 그러면 내가 정확히 왜, 얼마나 도울 수 없는 상태인지를 설명하지 않아도 된다. 선글라스의 양쪽 렌즈에 작은 표지판을 걸어 두고 싶다. **고장 남.**

가브리엘이 미셸 티의 소설 『검은 파도Black Wave』 한 단락을 나에게 보낸다. 우는 일이 아니라 글 쓰는 일에 도움이 되었으면 해서. 그러나 그 안에는 나의 실제 삶에서 시도해 보고 싶은 아이디어가 들어 있다.

> 여자는 냉장고에 테이블스푼을 넣어 두고, 그 둥근 바닥면을 눈꺼풀에 대곤 했다. (…) 여자는 냉장고에 캐모마일 티백을 우려 두었다. 오이를 상비해 두고 편으로 잘라 얼굴 전체에 붙이곤 했다. 화장품 가게에서는 눈의 부기를 줄여 준다는 라즈베리 추출물이 들어 있는 제품을 골랐다.[85]

이 소설에서 미셸은 사람들이 눈의 부기에 좋다고 추천하는 '프레퍼레이션 H'로는 별 효과를 보지 못하지만, 나는 일단 사 본다. 연고 형태는 지나치게 번들거리지만 크림은 괜찮은 것 같다.

♦

나는 사람들이 서로 이런 치료법을 추천하는 모습이 정말 좋다. 그 돌보는 마음이, 저 자신의 의문을 상대에게 떠넘기지 않고 문제에 대한 해법만을 제시하려는 그 모습이. 사람들은 알고 싶어 한다. “불사조의 눈물은 죽은 사람도 살려 낼 수 있나요?” 야후! 지식검색(Yahoo! Answers)에 가서 이렇게 물으면 모두가 답을 내놓는다.

> 아뇨 상처를 치유할 수 있을 뿐입니다 불사조의 눈물은 피부를 더 빨리 아물게 해 줄 뿐이고 죽은 피부는 아물지 않기 때문에 죽은 사람의 상처는 치유할 수 없을 거예요 혹시 치유할 수 있다 해도 눈물이 심장을 다시 뛰게 해서 죽은 사람을 살려 낼 수는 없어요[86]

이 글을 읽는 건 눈물 미끄럼틀을 타는 것과도 같다. 나는 다시 또다시 미끄럼틀을 탄다. 불사조 같은 건 존재하지 않으며, 불사조의 눈물 같은 것도 존재하지 않고, 그 무엇도 죽은 사람을 되살릴 수 없지만, 바로 그 말들, 그들의 희망과 숨 가쁜 답변들이 어떤 심장은 다시 뛰게 할 수 있다.
내가 그것을 느끼고 있다. 내가 살아 있음을 느끼고 있다.

때로 울음에 관한 질문에 답변을 쓰는 사람들은 글 곳곳에 웃는 표정을 뿌린다.

> Q: 너무 많이 울면 위험하기도 한가요?
>
> A: 두통이 생길 수 있어요.^^
>
> 전에 제 친구 한 명은 눈물관이 열리지 않아서 울지 못했는데요 ㅋㅋㅋ 나이가 좀 더 들어서 수술로 눈물관을 열었어요. ㅎㅎ[87]

당황스러우면서도 귀엽다. 아무 이유 없이 밑으로 떨어지는 것처럼. 혹은 생긴 줄도 몰랐던 멍을 발견한 것처럼. 어라! 이게 언제 생겼지? 꾹. 꾹.

유튜브에서 어떤 의사가 눈물기관의 각 부위를 그린 교과서 그림을 가리키면서 막힌 눈물관을 수술로 여는 방법에 대해 설명한다. 눈 위쪽의 작고 파란 구름이 눈물을 생산하는 눈물샘이다. 그것으로부터 눈물이 대각선으로 내려오고 있다. 이어 의사는 손가락으로 환자의 한쪽 눈 귀퉁이를 벌리고는 안에 삽입한 스텐트를 가리키면서 그것이 "스파게티 조각처럼" 생겼다고 설명한다. 설명은 이것이 전부이다. 크레디트 위로 그가 선곡한 〈아베마리아〉가 흐른다.

의사들은 1,000년 전부터 눈물기관을 수술해 왔다. 함무라비 법전에는 눈물기관을 잘못 수술한 것에 대한 보상 내용까지 적혀 있다. 자유민의 눈을 망쳤을 때는 노예의 눈을 망쳤을 때보다 더 많은 보상금을 내야 했다.

함무라비 왕이 쓴 한 외교문서는 다음과 같은 명령으로 시작한다. "신이디남*에게 전하라. 함무라비가 이렇게 말한다고."[88] 그는 지금 누구를 향해 말하고 있는 걸까? 이 말을 신이디남에게 소리 내어 읽어 줄 사람에게? 서판 그 자체에? 거기 쓰인 언어에? 매체를 사용하는 방법을 그 매체에 기록해 둘 필요가 있다는 발상이 놀랍다. 마치 눈물에게 슬픔이 무엇인지 설명하는 것 같다.

* 고대 바빌로니아 라르사 왕조의 아홉 번째 지배자.

♦

난 헌책에서 작은 얼룩을 발견하는 걸 좋아한다.
이 중 어떤 게 울보 독자의 눈물샘에서 비롯되었는지
궁금해하면서.

방금 도서관에서 빌려 온 책에는 눈물의 흔적이 전혀 없지만, 누군가의 거대한 속눈썹이 다음 세 줄을 괄호처럼 묶고 있다. "그래서 난 생각했죠, 언젠가는 / 반짝이는 손잡이가 달린 문이 나타날 거라고. / 하지만 그게 언제 어디서 나타날지 나는 알 수 없었죠."[89]

시의 연은 방과 같다고들 한다. 산문의 문단도 그럴까?
나는 문이 있는지 살핀다. 찾을 시간이 너무 짧다.
때는 대개 겨울이고 밤은 길고 눈이 내리므로.

♦

나의 상담사가 조심스럽게 병명을 진단한 뒤 더욱 조심스럽게 진단이라는 개념 자체에 의문을 표한다. **순환증.** 완연한 조울증은 아니지만 그 근처라고. 더 경미하지만 만성이라고. 나는 집으로 돌아와 구글에 그 단어를 집어넣는다. “가벼운 종류의 조울증”이라고 한다. 한 웹사이트에는 순환증을 앓았을 수도 있는 사람 이름이 나열되어 있다. 버지니아 울프도 순환증이었을 수 있고 실비아 플라스도 마찬가지라고 한다. 저세상에서 환자 모임이 열린다면 그 사람들을 만날 수 있겠구나.

그 겨울날 엄마가 그렇게 슬퍼했던 이유도 이것일까?
엄마 이름도 명단에 있을까? 그들은 내 아기의 이름도 벌써
명단에 올렸을까?

사람들은 자기 안에 살인 능력이 없을 때 중력에 그 일을 맡긴다. 중력은 돌 속에 산다. 사람들은 가방에 돌과 새끼고양이를 가득 넣는다. 버지니아 울프의 경우엔 주머니를 채운다. 그는 돌을 **록(rock)**이라고 불렀을까 아니면 **스톤(stone)**이라고 불렀을까.

혹은 우리는 잠시 하트 크레인을 따라 할 수도 있다.

> (…) 우리는 유순하게 적응한다,
> 매끄럽고 너무나 넉넉한 주머니에
> 바람이 퇴적할 때
> 그런 임의의 위로에 만족하면서.
>
> 계단에서 굶주린 고양이를 발견하는
> 우리는 여전히 세계를 사랑할 수 있기에 (…)[90]

나는 그를 따라 한다. 나는 세계를 사랑하고, 그 곡조에 맞추어 함께 노래하려고 한다.

비가 내리지 않은 오늘 아침, 어떤 사람이 종이 상자에 옛날 VHS 운동 비디오테이프를 한 세트 담아서, 상자 옆면에 공짜로 가져가라고 적어 자기 집 마당에 내놓았다. 하지만 지금은 저녁이고, 낮에 비가 왔다. 혹시 누군가 지금 그 상자를 가져가려고 하면 상자가 부드럽게 무너질 것이다. 비디오테이프가 바닥으로 쏟아질 것이다. 그게 나다. 그 사람 말고, 그 상자가. 나는 하루 내내 눈물을 흘렸다. 양파를 집으려고 해도 양파가 내 손에 잡히려고 하지 않을 것이다. 나는 **저녁 차리기**라고 부르는 행동을 수행할 능력이 없다. 나는 지금 **절망** 속이므로.

내가 **절망**이라는 단어를 선택한 이유는 이것이 집에 잘 어우러지는 단어이면서도 집이라는 건물의 용도를 바꾸지 않기 때문이다. 바뀌는 것은 집의 분위기뿐이다. **우울증, 자살 사고, 불안증**은 모두 무대 조명이나 실험실 조명 같은 빛을 드리운다. 바로 여기, 이 방에까지. 문단이 병상으로 바뀌고 만다.

♦

절망(despair)은 그 자체의 터무니없음을, 그 감정 과잉 상태를 인정하는 말이다. 이 말을 알면 마치 초록 지붕 집의 '빨간 머리 앤'처럼 "깊디깊은 절망"에 빠졌다고 말하고 싶어진다. 얕디얕은 것이 들어올 자리는 거기 없다.

♦

'-spair'는 '희망'을 뜻한다. **'de-'**는 결핍, 반전, 또는 격렬함을 뜻하는데 **'박탈(deprivation)'**이라는 말에는 '결핍'이 두 번 들어가 있다.*

* privation이 그 자체로 박탈, 결핍을 뜻한다.

나의 절망은 멍청하고 주접스럽다. 나의 절망은 내 삶을 원하지만 난 삶을 내줄 생각이 없다. 그러면 절망은 흥정한다. **손가락 하나만 줘.** 내 절망은 내가 새끼손가락을 자르길 원하고, 내가 저 빨간 손잡이가 달린 작은 타파웨어 칼을 쓰기를 원한다. 내 절망은 이 정도로 멍청하다.

옷을 벗고 우는 사람을 목격하는 일은 특히 힘들다. 프랭크 오하라처럼. "욕조 안에 서서 / 운다. 어머니, 어머니 / 나는 누구인가요?"[91] 우는 것 자체가 벌거벗음이므로, 두 종류의 벌거벗음을 동시에 목도하면 발작하듯 연민이 생긴다.
바로 이런 이유에서 사람들은 서로 손수건을 건네는 것이다. 돌봄의 행위, 위엄의 복구, 이제 옷을 입으라는 조용한 명령.

돈만 있다면 일본에 가서 잘생긴 남자를 고용하여 눈물을 닦게 할 수 있다.[92] 특별히 울기 좋게 설계된 호텔 방을 빌릴 수도 있다.[93] 때때로 행복이란 감정은 내가 돈을 내고 빌리는 남자인 것 같은데, 그 돈을 내가 더 이상 마련하지 못하는 것 같다.

때로 나는 내 몸을 샅샅이 걸러 낼 수 있는 형이상학적인 거름망을 상상한다. 그 끝에 나는 온전하고 깨끗해진 채로 싱크대에 담겨 있고, 이 모든 절망은 따로 분리되어 위에서 물을 뚝뚝 흘리고 있는 것이다. 그리고 그걸 휙 버릴 수 있기를 상상한다.

문장에 담긴 생각이 밖으로 빠져나갈 수 있도록 문장의 맨 마지막 단어를 전치사로 끝내는 방법을 나는 신뢰한다.

♠

프랑크 앙드레 잠은『새로운 연습들New Exercises』에서 욕실의 거울에 관해 썼다. 그는 부정사를 쓸 때 (로마인들이 그랬듯) 단어와 단어 사이에 공간을 두지 않음으로써 거울에 비친 자신의 얼굴을 잘 가릴 수 있었다.

어떤생
각에도
복종도
하지않
을수있
는방법[94]

칼 필립스도 부정사로부터 출발하여 「금 이파리Gold Leaf」를 가다듬어 나간다. 이 시를 읽으면 마치 거울을 볼 때처럼 앞으로, 동시에 안으로 들어가는데, 더 정확히 말하면 얼굴 바로 앞에 드밀어진 어느 동물의 두개골 안으로 들어갔다가 다시 뒤로 멀어진다. 이는 "당신이 앞으로 결코 될 수 없을 것이 무엇인지 제대로 알기 위한, 그렇게 함으로써 / 지금 당신이 무엇인지를 이해하고, 아니라고 말하기 위한, 당신 존재가 아니라 절망을 향해 아니라고 말하기 위한" 방법이다.[95] 내가 그럴 수 있을까? 절망은 내가 그것과 나의 차이를 모르길 바란다. 일종의 **풀어헤치기**이다. 우리는 누군가 울음을 그치길 바랄 때, 그리고 우리가 고분고분하지 않은 학생을 가르치는 엄격한 가정교사일 때, 우리는 그들에게 이렇게 지시한다. **정신 좀 가다듬어.**

오늘로부터 우리는 무엇을 스스로 만들어내야 할까?
기억, 묘목, 단어? 무엇을 빛에 비추어 보면 절망이 아직
닿지 않은 것을 발견할 수 있을까?

●

나는 글쓰기 입문 수업을 가르치고 있고, 우리는 로리 무어의 단편 「여기 있는 사람은 다 그런 사람이다People Like That Are the Only People Here」에 관해 토론하고 있다. 이 이야기에서 한 여자(무어 본인과 비슷한 작가)의 아기가 암에 걸렸다. 우리는 돌아가면서 각자 가장 감동적이고 기억에 남는, 눈물을 흘릴 뻔했던 단락을 골라 소리 내어 읽는다.

> 아이를 보는 건 공포이면서 기적이다. 아이는 관을 잔뜩 달고 작은 침대에 누워 있다. 십자가에 매달린 소년인 양 몸을 펼친 채, 팔은 관을 잡아 빼지 못하도록 '안 돼 안 돼'라고 쓰인 골판지에 고정된 채.
>
> (…)
>
> 모르핀 점적주사 때문에 멍하긴 하지만 아이는 여전히 엄마가 플라스틱 배선을 헤치고 몸을 기울여 그를 안아 주는 걸 볼 수 있고 그녀가 그렇게 하면 울기 시작하지만 조용히, 움직임이나 소리 없이 운다. 그녀는 움직임이나 소리가 없이 우는 아기를 본 적이 없다. 그건 나이 든 사람의 울음이다. 조용하고, 이론의 여지없이 산산이 부서진 울음.[96]

엄마는 아이를 들어 올릴 수 없다. 관과 배선에 꼼짝없이 갇혀 있으므로. 엄마는 그저 그에게 몸을 기울이고 노래하는 수밖에 없다. 나는 너무도 피곤하다. 내 아기는 여전히 잠을 자지 않는다. 집에 가서 울고 싶다. 이들에게 내가 뭘 가르칠 수 있을까? "보세요." 나는 학생들에게 말한다. "이렇게 절제된 슬픔을 보여 줌으로써 얼마나 큰 슬픔을 만들어 낼 수 있는지 보세요."

♦

마리아가 예수의 몸을 굽어보며 슬퍼하는 피에타 이미지를 인터넷으로 살피다가 중세 후기의 채색 사본『로한 기도서Rohan Hours』에 실려 있는 〈동정녀의 비탄Lamentation of the Virgin〉을 발견한다. 예수는 바닥에 엎드려 있다. 상처에서 피가 흐르고 잿빛 눈꺼풀이 닫혀 있다. 마리아는 간절히 그를 굽어보지만, 사도 요한이 눈으로는 하늘을 올려다보면서 두 팔로 마리아의 몸통을 잡고 저지한다. 마리아는 닿을 수 없고 위로할 수 없다. 난 요한의 치올린 얼굴에 주먹을 날리고 싶다.

◆

중세 화가들이 그린 몇몇 피에타에는 어른인 예수의 몸이 어린이처럼 작게 표현되어 있다. 이는 아마도 슬픔에 젖은 마리아가 죽은 아들의 머리를 안고 그를 다시 아기처럼 느꼈다고 쓴 독일 신비주의자들의 영향인 듯하다. 어디선가 읽기로 아이가 죽으면 그 아버지는 자식의 미래가, 창창한 장래가 사라졌음을 슬퍼하는 반면, 그 어머니는 어린 아기를 잃은 데 슬퍼한다고 한다. 하지만 그런 경향이 있다는 이야기일 뿐이다. 사람들은 죽은 자식을 들여다보고 자신의 슬픔을 들여다본다. 들여다본다, 들여다본다, 돌본다.
나는 어떤 이야기를 다른 이야기로, 어떤 단어를 다른 단어로 착각하고 싶지 않다.

지난밤 나는 한 라디오 진행자에게 하루를 어떻게 보냈느냐고 물었다. 그는 교도소에 다녀왔다고 했다. 그곳의 여성 수감자들은 자신에 관한 이야기를 직접 써서 라디오 방송을 만드는 수업을 들어 왔다. 그들이 선택한 이야기는 무거웠다고, 그도 그럴 법하다고 진행자는 말했다. 어제는 한자리에 모여 결과물을 듣는 날이었다. 라디오에 나오는 사연의 주인공이 울기 시작하면 나머지도 따라 울었다. 제아무리 힘든 사연이라도 주인공이 울지 않으면 나머지도 울지 않았다. **당신이 그리로 간다면 우리도 함께 갈게, 하는 공감대가 있다**고 진행자는 그 사람들의 목소리로 말했다. **당신이 가지 않는다면 우리도 가지 않을게.** 연민 때문에 울음을 터뜨리는 것은, 연민이라는 우위에 서서 부탁받지 않은, 마음 상하게 하는 눈물을 흘리는 것은 냉혹하다.

잘 알려진 대로 킹 제임스 성경에서 가장 짧은 절은 「요한복음」 11장 35절이다. "Jesus wept(예수께서 눈물을 흘리시더라)." 다른 번역본은 좀 덜 간결하다. "Jesus burst into tears.", "And the tears of Yeshua were coming." 예수는 왜 눈물을 흘렸는가? 그가 사랑한 남자 나사로가 죽었기 때문이다. 그러나 예수는 그를 다시 살려 냈다.

그런데 남자를 부활시킨 것은 눈물이 아니라 말이었다. 예수가 하느님에게 올린 기도였고 그다음엔 그의 우렁찬 명령이었다. "나사로야, 나오라." 나는 〈챔프〉의 그 소년을 떠올린다. "아니, 여기서 잠들면 안 돼, 나사로. 나사로, 일어나."

내 아기는 이제 두 살에 가까워진다. 이제는 문장으로 말할 줄 알지만 아직도 눈물이 아이 언어에서 큰 부분을 차지하고 있다. 내 언어에서도 그렇다. 나에게 울음은 손님방이다. 겨울날 짧은 해와 계속되는 불면으로 인해 나는 그 방에 자주 찾아간다. 하루 중 울음에 대해 쓰는 시간보다 우는 시간이 더 길다. 처음엔 그 사실이, 마치 빙산에 갇힌 사람이 그 얼음으로 구명조끼를 만드는 것처럼, 슬프게 다가왔으나 이윽고 우스운 일로 여겨졌다.

1851년 뉴욕에서 새라 위드라는 이름의 여자가 분만 중에 죽은 뒤 그의 남편은 젊은 여자가 유리병을 얼굴에 꼭 대고 있는 모습의 기념상을 주문했다. 그 병은 **눈물단지**(lachrymatory), 즉 애도하는 사람이 뜨거운 눈물을 떨어뜨려 담는 병을 나타낸 것이었다. 그런데 얼마 안 가 한 대중잡지에서 이 기념비는 술의 위험을 경고하기 위한 것이라고 썼다. 그 병은 럼주병이라고.[97]

후에 올버니 지방 묘지에 관한 안내서는 이 잡지의 기사가 기념비를 둘러싼 "여러 엉터리 주장" 중 하나라고 설명했다. 그런데 기사 작성자는 이 상이 실제로는 "성서와 관련된 생각을 나타내기" 위한 것이라고만 생각했지 그 이상의 의미는 전혀 짐작할 수 없었다고 말했다.[98] 아마도 그는 「시편」 56장 8절을 떠올렸을 것이다. "나의 눈물을 주의 병에 담으소서. 이것이 주의 책에 기록되지 아니하였나이까?"

새라 위드와 그의 아기에 관해 글을 쓰고 싶다는 생각을 오래전부터 했다. 그의 짧은 인생과 계속되고 있는 눈물을 줄곧 생각했지만, 빌도 올버니에 묻혔다는 사실이 오늘 아침에야 떠올랐다. 나는 곧 그 두 사람이 이웃한 묘지에 누워 있는 모습을 떠올릴 수 있었다. 아마 두 무덤 사이의 거리가 1마일도 되지 않을 것이다.

♦

친구들이 자꾸 로즈린 피셔의 사진 작업 〈눈물의 지형학The Topotraphy of Tears〉 링크를 나에게 보낸다. 마른 눈물을 현미경으로 찍은 이 연작 사진에는 염분 결정들이 감정의 작은 지형을 형성하고 있다. '슬픔의 눈물'은 황량하게 빛나고 대체로 수직적이며 여기저기 끊어져 곡선 덩어리로 엉겨 있다. '양파 눈물'은 촘촘한 고사리무늬 벽지 같다. 무감한 성격의 실내장식가가 집에 걸어 둘 법한 이미지이다.

유독 이 눈물에 관한 이야기들이 사람들의 입에서 입으로 널리 번지고 있는 이유는 다들 울면서 경험해 온 감정의 풍경이 시각적으로, 또 **과학적**으로 묘사된 데 만족해서라고 짐작한다. 하지만 이 경우에 과학과 예술은 그저 서로를 반영하고 있을 뿐이다. 이 사진들은 간접적이다. 몸은 세 종류의 눈물을 만들어 낸다. 언제나 흐르고 있는 윤활유인 **생리적** 눈물, 눈이 이물질을 씻어 내야 할 때 분비되는 **자극성** 눈물, 그리고 감정 표출과 함께 분비되는 **감정적** 눈물. 사실 슬픔이 자아내는 감정적 눈물과 양파의 자극성 눈물의 가장 큰 차이는 눈으로 볼 수 있는 결정 구조가 아니라 그보다 더 깊은 차원인 단백질 수치에 있다. 모든 감정적 눈물은 생리적 눈물이나 자극성 눈물보다 단백질 수치가 높다. 피셔 본인도 원인이 되는 감정 외에 많은 것에 의해 눈물의 이미지가 결정된다고 밝혔다. "화학적 구성, 점도, 주변 환경, 증발률, 현미경 설정 등 변수가 아주 많다." 이 작업이 널리 보도되고 사람들의 입에 오르내리자 피셔는 자신의 홈페이지에 이렇게 썼다.
"그 어떤 과학적 주장을 하려는 것이 아니며 (…) 어떤 것에 대해 어떠한 주장을 하려는 것도 아니다. 다만 삶이라는 시를 이야기할 뿐."[99]

♦

아기는 이제 내가 '아기'라고 부르기엔 너무 자랐다. 아직은 젖을 먹지만, 젖떼기 이후 우리의 삶이 어떨지 상상해 본다. 내 어머니는 젖을 뗀 뒤로도 몇 년이나 젖이 나왔다고 말한다. 초반에는 장을 보러 갔다가도 어디서 아기가 우는 소리가 들리면 갑자기 젖이 나와 밑을 내려다보면 셔츠가 연민에 젖은 걸 발견하곤 했단다.

◆

울음에 관한 최초의 연구를 수행한 앨빈 보르키스트는 당시 클라크대학 학장이자 《미국 심리학 저널》의 창립자인 G. 스탠리 홀의 지도로 그 연구를 진행했다. 이 밖에도 그는 홀과 함께 「인형 연구A Study of Dolls」라는 논문을 집필했다. 다음과 같이 기이하고도 가슴 저미는 글이다.

> M은 세 살 때 인형을 선물받은 뒤 팔과 다리와 머리카락이 없어질 때까지 그 인형을 아꼈는데 그건 가슴 아픈 광경이었다. (…) 그의 엄마가 인형을 불태웠다. 훨씬 더 예쁜 인형을 많이 가지고 있었음에도 M은 밤새 울었고 다음 날도 거의 내내 울었다. 그 강렬한 슬픔은 일주일이나 계속되었다. 3년 후 나는 M에게 앨리스는 어디에 있느냐고 물었다. M은 울기 시작하면서 이렇게 말했다. "왜 그걸 태웠나요, 내가 걔를 얼마나 사랑했는데, 걔가 나를 얼마나 사랑했는데. 지금은 하느님의 집에 있고 난 언젠가 걔를 만나게 될 거예요."[100]

나는 밑을 내려다보고 놀란다. 오른쪽 젖꼭지에서 젖이 새기 시작했으므로.

•

같은 연구에서 저자들은 "인형의 죽음과 장례식, 매장"에 관련된 응답자들의 활동을 이렇게 요약한다.

90명의 어린이가 매장에 관해 말했다. 평균 나이 9세.

80명이 장례식에 대해 말했다.

73명이 인형이 죽었다고 믿었다.

30명이 인형이 천국에 갔는지 알아내려고, 또는 그저 인형을 되찾으려고 땅에 묻은 인형을 다시 파냈다.

이 중 11명이 매장한 그날 인형을 파냈다.

9명만이 인형이 죽을병에 걸려서 어쩔 수 없이 죽었다고 설명한다.

15명은 소파 밑에, 서랍 속에, 다락방에 인형을 두거나 누군가에게 넘기고는 그것을 죽음이라고 불렀다.

30명이 인형의 내세를 믿는다고 말한다.

8명은 내세를 믿는다고는 하지 않았으나 인형의 내세를 이야기했다.

3명이 인형을 반려동물과 함께 묻고 그대로 두었다.

3명의 나쁘거나 더러운 인형은 나쁜 곳에 갔다.

14명은 천국에 갔다.

17명의 어린이가 장례식을 특히 좋아했다.

12명의 인형이 어디 부딪히거나 부러지는 사고로 갑자기 죽었다.

1명의 인형은 터졌다.

1명의 인형은 얼굴이 녹아 죽었다.

2명의 인형은 물에 빠져 죽었다(그중 하나는 종이인형이었다).

1명의 인형은 울음 기관이 망가져서 죽었다.

1명의 인형은 다른 인형을 죽인 뒤 재판을 받고 교수형에 처해졌다.

아이들이 흥미를 잃은 인형은 종종 죽는다.

30명의 어린이가 인형은 죽지 않는다고 생각했다. 주로 부모가 그런 생각을 못 하게 한다.

1명의 남자아이가 누이의 인형을 장난감 대포로 죽였다.

3명의 인형이 부활하여 새로운 이름을 얻었다.

인형 장례식에 참석한 7명의 목사 중 5명이 남자아이였고, 1명은 의사였다.

3명의 인형 장의사가 언급되었다.

22건의 경우 슬픔이 매우 강하고 깊은 것으로 보인다.
23건의 경우에는 꾸며 낸 것으로 보였다.

애도 행위는 실제로 검은색으로 이루어지기도 하고 가짜로 그런 척하기도 한다.

19명이 인형의 무덤에 꽃을 놓았으며 1명은 "그 주 내내" 그렇게 했다.

28명이 인형은 영혼이 없고 살아 있지도 않으며 내세 같은 것도 없다고 분명히 말한다.

21건의 경우 죽음은 있었지만 매장은 없었다. 10건의 경우 장례식은 있었지만 매장은 없었다. 8건의 경우 장례식은 있었지만 죽음은 없었다.[101]

소리는 들어 있지 않되 가리키는 손가락은 들어 있는.

일본 사람들은 더 이상 원하지 않거나 필요하지 않은 인형을 불교식 또는 신도(神道)식으로 인형 공양 의례를 치른 다음 인형을 불태우고 때로는 재활용한다. 인형 말고 다른 무생물을 위한 '공양'도 있다. 안경, 서예용 붓, 젓가락, 빗, 벽시계, 바늘, 칼, 신발, 가위, 반도체 등.[102]

나는 내가 죽으면 매장이 좋을지 화장이 좋을지 마음을 정하기가 너무 어렵다. 나는 내 몸이 썩는 건 싫지만 손님이 찾아와 함께 있어 주는 건 좋다. 그리고 나는 불을 무서워한다. 어렸을 때 우리 집이 불타는 꿈을 자주 꾸었다. 때로는 가장 사랑했던 인형 캐롤을 불길에서 구해 냈다. 때로는 그러지 못하고 죽였다.

어떤 밤에는 잠들기 전에 악마가 몰래 캐롤을 납치할까 봐 겁을 먹고, 걔가 나에게 아무 의미 없다는 것처럼 침대 발치에 멀리 떨어뜨려 놓고 잤다. 내가 캐롤을 사랑하지 않는다고 생각하면 악마가 굳이 걔를 훔쳐 가지 않으리라고 믿었던 것이다. 끔찍했다. 내가 이 상황을 아무리 열심히 설명해도 (**널 위해서 이러는 거야,** 라고 속삭이며), 캐롤은 늘 울음을 터뜨렸다.

다음은 아마존에서 파는 우는 인형에 관한 불만 중 일부이다.

> 우리는 진짜 눈물을 '흘린다'는 점 때문에 이 인형을 샀는데 알고 보니 '아기 애너벨'은 눈물을 흘리는 정도가 아니라 눈물을 쏟아 내며 모든 것을 적십니다. 울거나 웃을 때 입이 움직이지 않는다는 점도 실망스럽고요. 그리고 어떻게 우는지 말하자면 (…) 이 인형은 전혀 소리 내어 울지 않아요![103]

> 눈물도 이상하게 흘려요. 일정하게 나오지도 않고 전혀 감동적이지 않습니다!

> 왜 모든 부모가 이 장난감에 이렇게 언짢아하는지 저는 모르겠네요. 저는 마음에 듭니다. 다만 한쪽 눈으로만 눈물을 흘린다는 점이 좀 아쉽네요.[104]

◆

아마존에서 파는 우는 인형에 관한 불만 중 나 자신을 설명하기에 적당한 것을 찾았다.

> 인형이 울긴 하는데 딱 그뿐이에요. 울 때 인형 몸 안에서 기계음이 나는데 (마치 뭐라도 하려는 것처럼요) 아무 일도 일어나지 않네요. 수동으로 끌 때까지 계속 삐걱거리는 소리가 납니다.[105]

우는 아기 인형은 전부 백인이다.

♦

지난 2000년 비디오 아티스트 토니 아워슬러는 자그마한 헝겊 인형을 만들었다. 그는 인형의 머리 부분을 비우고 거기에 어떤 배우의 우는 얼굴 영상을 투사했다. 아워슬러는 자신의 우는 인형이 '감동적'인 이유는 "초인간적 능력으로 흐느낌이 절대 멈추지 않고, 그래서 보는 사람에게 공포를 느끼게 하며, 그 사람이 결국 돌아서기" 때문이라고, "이 공감 테스트의 핵심은 바로 그 돌아서는 순간에 있다"고 설명했다.[106] 나는 "공감 테스트"라는 용어가 싫다. 아티스트 본인은 도덕적으로 우월하며 자신이 다른 사람들의 선함을 측정하고 판단할 수 있음을 암시하는 말이 아닌가. 그 울음 밑에는 코웃음이 있다. 내가 돌아서고 싶은 이유는 그 눈물이 아니라 바로 그 코웃음 때문이다.

이것은 함정이다. 두 가지의 고약한 선택지 중 하나를 골라야만 하는 거짓 선택. 고통을 줄여 줄 힘이 나에겐 전혀 없는 상황에서 돌아서거나, 아니면 무력한 입장에 서서 그 고통을 목도해야만 하므로. 나는 이 작품과 그 설명이 싫다.

이른바 뇌사에 빠진 환자들은 몸에서 장기가 제거될 때 눈물을 흘리기도 한다. 어떤 대상에 대해 이런 문장을 말하는 건 얼마나 이상한가. 가령 나는 축구선수들이 월드컵에서 우승할 때 눈물을 흘리기도 한다고 해서 굳이 그걸 문장으로 말할 필요를 느끼지 않는데. 물론 그렇게 말한다고 해도 틀리진 않는다. 뇌사 상태 환자들은 다른 신체 자극에도 반응한다. 가령 "유두를 비트는 자극"에 조금이나마 눈을 뜬다.[107]

♦

샬럿 퍼킨스 길먼(사유 주방의 폐지를 주장한 그 사람)은 임신했을 때 병이 너무 깊어져 자리에서 일어나지 못했다. 아이를 낳은 뒤에는 더더욱 심각한 우울에 빠졌다. 길먼은 그 시대의 전형적인 일기 쓰기 방식으로 딸이 어렸을 때의 생활을 다음과 같이 묘사했다.

> 낮에는 기분이 좋지 않다. 바느질을 좀 한다. 춥고 바람이 분다. 맛있는 저녁 식사. 밤에 K를 재우다가 히스테리가 시작된다. 월터가 하던 일을 끝내고 아이 옆에서 잔다. 내가 신경이 예민할 때 아기는 절대 쉽게 잠들지 않는다. 어쩜 그럴까.[108]

나는 이 계보에서 나 자신을 발견하고 싶지 않다. 나는 엄마들의 삶이 지난 130년간 거의 달라지지 않았다는 사실을 확인하고 싶지 않다. 나는 내 딸의 미래가 두렵다. 나는 산산이 무너질까 봐 두렵다.

대학을 졸업하고 뉴욕에 살던 시절 나는 프루덴셜 더글러스 엘리먼사(社)에서 부동산 중개인의 비서로 일했다. 나는 그 일을 못했다. 그러니까 맨해튼의 부유한 동네 어퍼 이스트 사이드Upper East Side의 조합주택위원회에 넣을 서류를 준비하는 일의 사회적, 경제적 복잡성을 이해하는 데 소질이 전혀 없었으며, 고용주의 빈번한 비판에 자주 울었다. 어느 날 혼자서 의기소침하게 점심을 먹다가 《뉴욕 타임스》에서 맨해튼의 문학 지도*를 보았고 거기에서 내가 일하는 곳의 주소를 발견했다. 실비아 플라스가 어느 괴로운 여름에 바로 그곳에 있던 《마드모아젤》의 객원 편집자로 일했으며, 그때의 경험이 『벨 자The Bell Jar』에 반영되었다. "그래, 그런 거면 괜찮아." 나는 코를 좀 덜 훌쩍거리며 생각했다.

* 맨해튼을 중심으로, 작가에게 영감을 준 장소를 표시한 지도.

♦

그러나 나 자신의 삶의 지도를 다른 사람의 지도에 겹치는 일은 위험하다. 그건 함정일 뿐이다. 늘 어떤 것을 다른 것에 포개어 생각하는 것은 위험하다. 나는 망자를 천으로 감싸듯 플라스가 쓴 문단으로 나 자신을 감쌌다. 『벨 자』의 에스더(작가 본인과 무척 유사한 경험을 하는 주인공)는 자신이 되고 싶은 존재를 상징할 수 있는 물건을 들고 사진을 찍게 된다. 그러나,

> 나는 사진에 찍히고 싶지 않았다. 곧 울 것이었으므로. 내가 왜 울지는 알 수 없었으나 누구라도 나에게 말을 걸거나 나를 지나치게 유심히 바라본다면 내 눈에서 눈물이 날아오르고 목에서 울음이 날아오르고 한 주 내내 울 것이었다.
>
> 그들이 나에게 무엇이 되고 싶으냐고 물었을 때 나는 모르겠다고 말했다.
>
> "모든 것이 되고 싶은 거예요." 제이 시가 재치 있게 말했다.
>
> 나는 시인이 되고 싶다고 말했다.
>
> 그들은 내가 들고 있을 만한 물건을 찾아보았다. 제이 시가 시집을 들고 있는 게 어떻겠느냐고 제안했지만 사진사가 그건 너무 노골적이라고 반대했다. 뭔가 시의 영감을 표현하는 물건이 필요했다. 마침내 제이 시가 최근에

산 모자에 꽂혀 있던, 자루가 긴 종이 장미 한 송이를 뽑아 들었다.

(…)

"웃어 봐요."

결국, 고분고분, 복화술사의 인형 같은 내 입이 움찔거리기 시작했다.

"이런." 사진사가 내 표정을 지적하며 갑자기 예언을 했다. "곧 울 것 같은 얼굴이에요 지금."[109]

나도 울고 싶지 않다. 나도 시인이 되고 싶다. 젖지 않고 붓지 않은 얼굴로 단어들을 바라보고 싶다.

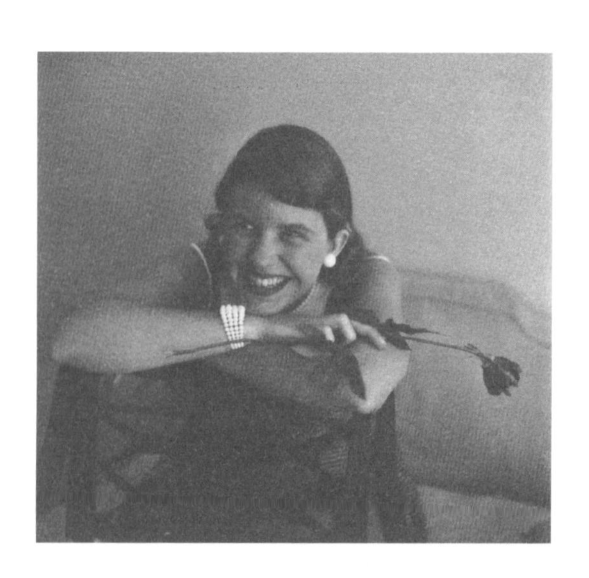

♦

눈물이 **터진다**는 동사는 정확한 것 같다. 마치 어떤 막에 기대어 있다가 결국 그것이 무너지는 것처럼, 몸과 눈물 사이의 경계가 없어지는 것처럼, 마치 울음의 국가에 투항하는 것처럼. 혹은 눈물이 터진다는 건 내 자아가 눈물이 **되는** 것, 터져서 작고 뜨거운 물방울이 되는 것은 아닐까. "그들은 울고 울다가 마침내 **온통** 눈물이 되었습니다."[110] 내가 지금까지 1,000번은 읽은 어린이 그림책 『파랑이와 노랑이Little Blue and Little Yellow』에 이 말이 나오는 페이지는 그 튼튼한 종이가 허물어지고 있다.

♦

지난밤엔 '블랙 문(검은 달)'이 떴다. 한 달에 두 번째로 뜨는 초승달. 마치 달도 노래의 한 방식이 되기를 바라는 것처럼, 이 나라의 살인적인 폭력에 반대한다고 외치는 것처럼 느껴진다. 그러나 어떤 것을 꼭 다른 것에 겹쳐 생각하는 것은 위험하다. 모든 사건을 다른 사건을 가리키는 은유로 생각하는 것, 모든 삶과 죽음을 그에 앞선 삶과 죽음의 되풀이로 해석하는 것은 위험하다. "달은 문이 아니다. 달은 그 자체로 얼굴이다."[111]
달은 비를 뿌리고 있는 것이지 우는 게 아니다. 굳이 달에게서 눈물을 뽑아내지 않아도 슬픔은 충분히 있다.

브라이언 보이드는 움직이지 않는 사물에서 행위자성을
찾으려 하는 인간의 성향에서 은유와 이야기가 비롯된
면이 있으며 진화적으로 그럴 이유가 충분하다고 주장한다.
"덤불을 곰으로 상상하는 것이 그 반대를 상상하는 것보다
안전"하기 때문이다.[112]

검은 달 외에도 여러 달이 있다.

블러드 문

슈퍼 문

하베스트 문

블루 문

스트로베리 문

울프 문

스노 문

웜 문

핑크 문

벅 문

레드 문

모닝 문

콜드 문

웨트 문

플라워 문*

*

♦

이 달들을 어떤 순서로 배치해도 이야기가 (완전하진 않아도) 떠오른다.

- 블러드(blood) 문: 핏빛 달, 개기월식 때 붉게 보이는 달.
- 슈퍼(super) 문: 거대한 달.
- 하베스트(harvest) 문: 추분 무렵의 보름달.
- 블루(blue) 문: 푸른 달, 한 달 중 두 번째 뜨는 보름달.
- 스트로베리(strawberry) 문: 딸기색 보름달.
- 울프(wolf) 문: 늑대의 달, 새해 첫 보름달.
- 스노(snow) 문: 눈의 달, 2월의 보름달.
- 웜(worm) 문: 벌레의 달, 3월의 보름달.
- 핑크(pink) 문: 분홍빛 달, 4월의 보름달.
- 벅(buck) 문: 수사슴의 달, 7월의 보름달.
- 레드(red) 문: 붉은 달, 블러드 문.
- 모닝(mourning) 문: 애도의 달, 11월의 보름달.
- 콜드(cold) 문: 차가운 달, 12월의 보름달.
- 웨트(wet) 문: 젖은 달, 양 끝이 하늘을 향한 초승달.
- 플라워(flower) 문: 꽃의 달, 5월의 보름달.

1944년에 심리학자 두 사람이 진행한 어떤 실험에서는 여성 대학생들에게 기하학적 도형이 나와 움직이는 짧은 애니메이션 영상을 보여 주고 "영상 안에서 무슨 일이 일어났는지 묘사"하도록 했다. 도형에는 얼굴이 없었는데도 응답자 대부분이 서사적이고 가부장적인 묘사를 했다. "남자가 여자를 만나기로 한다. 그런데 여자가 다른 남자와 함께 나타난다." 그런데 한 답변만은 다른 모든 답변과 다르게, 무심하고 그 자체로 가히 기하학적이었다. "큰 정삼각형이 직사각형 안으로 들어간다. (…) 이어서 또 하나의 작은 삼각형과 원이 화면에 나타난다. 원은 큰 삼각형이 들어 있는 직사각형으로 들어간다." 그러나 이 묘사도 마지막에 가서는 도형들에 의식과 젠더와 행위자성을 부여한다. "이제 혼자 남은 큰 삼각형은 직사각형에 난 틈 주변을 돌아다니다가 틈을 통해 안으로 들어간다. 그(He)는 안에서 빠르게 움직이지만 틈을 찾을 수 없자 옆면을 뚫고 나가 사라진다."[113]

이 영상을 가장 서사적이지 않게 묘사하려면 0과 1을 사용하면 될 것 같다. 그러나 이진법도 뜻밖에 감정을 불러일으킬 수 있다. 온/오프, 있음/없음, 예/아니오.

♦

나는 피곤하고 슬퍼서 우는 걸 참으려고 정말 많이 노력해 왔지만 그래도 정말 많이 운다. 좀 더 즐거운 이유 혹은 더 애매한 이유에서 눈물을 흘린 게 마지막으로 언제였는지조차 기억나지 않는다. 동생이 집에 온다. 자신의 갓난아기가 내 딸을 보고 미소를 짓자 기쁨의 눈물을 글썽인다. 깜짝 놀란 나는 그 모습을 응시하며 오래된 감정들의 유령을 발견한다. "내 기억 속에서 / 꼭 그것처럼 생긴 것은 / 그 모양처럼 생긴 것은 무엇일까?"[114] 내 귀가 슬픔의 노래들 속에 있는 사랑스러운 반복구도 들을 수 있다면.

진실에 가장 가까워지는 방법은 이야기 두 개를 잠시 맞닿게 하는 것이 아닐까? 각자의 궤도를 돌다가 어느 한순간 서로 나란해지게 해야 한다. 서로의 같음을 알아보는 그 순간이 결코 오래가지 않는다는 것을 우리는 알아야 한다. 오늘의 달은 슬픔에 잠긴 얼굴, 오늘의 달은 "푸른 생채기가 난 돌멩이"[115]이다. 달의 선은 서로 평행도 수직도 아니다. 두 개의 호가 잠시 교차했다가 다시 제 길을 간다. 꼭 만나는 데서 끝나야 하는 건 아니다.

♦

절망에 빠져 있을 때가 아니면 절망을 말로 설명하기조차 어렵다. 절망은 내 삶의 작은 비밀 문. 어디로도 이어지지 않는 다리. 물론 이건 은유일 뿐이고 문장일 뿐이나 이것이 내가 사랑을 널리 전하는 방법이다.

"은유일 뿐"이라고 말하기는 쉽지만, 은유는 중요하다. 은유는 우리가 생각하는 방식을 결정하기 때문이다. 좋은 것은 '업' 위를 향하고 나쁜 것은 '다운' 아래로 떨어진다고, 오래전 조지 레이코프와 마크 존슨이 개념적 은유에 관한 연구에서 밝혔다.[116] 은유는 과학 어디에나 있다. 은유는 과학자들을 새로운 생각으로 이끌고, 새로운 생각을 오래된 생각 안에 동결시킨다. 은유 안의 행위자성이 변화하면 개념 만들기라는 행위 자체까지도 다른 방식으로 상상될 수 있다. 얼마 전에 열린 과학계 여성에 관한 공개 토론회에서 과학사학자 퍼트리샤 파라는 다음과 같은 예를 들었다. 정자가 난자에 포화를 퍼붓다가 결국 어느 하나가 뚫고 들어가 수정을 일으키는가? 아니면, 난자가 다가오는 정자를 지켜보다가 어느 하나를 선택하여 안으로 들이는 걸까?[117]

요즘 읽고 있는 책은 윌리엄 H. 프레이가 1985년에 쓴 『울음: 눈물의 미스터리Crying: The Mystery of Tears』이다. 인간이 왜 울고 어떻게 우는지를 과학적으로 탐색하는 책이다. 프레이는 몇 년에 걸쳐 눈물의 화학적 구성을 탐구하고 미국인의 우는 양태를 조사했다. 그는 울음이 배설 작용이며, 인체에서 스트레스 관련 물질을 없애는 역할을 하고, 그래서 우리가 잘 울고 나면 기분이 나아질 수 있다고 (늘 그렇지는 않다는 걸 우리는 익히 알고 있지만) 주장하는 사람 중 한 명이다.[118] 프레이가 이 연구를 처음 발표했을 때 미디어는 인터넷 이전 시대에 가능했던 가장 빠른 속도로 격렬하게 반응했다. 월터 크롱카이트가 그를 인터뷰했다. 찰스 슐츠가 「피너츠Peanuts」 만화에서 그의 연구를 언급했다.[119] 나는 특히 그 요령이 알고 싶어져 프레이에게 이메일을 보내어 비법을 알려 줄 수 있겠느냐고 물었다. 그는 곧 나에게 전화를 걸었다. 그만큼 친절한 사람이다. 자신의 연구가 얼마나 중요한지 설명하는 데도 열정적이고.

♦

이 책에서 프레이는 프로락틴(젖분비호르몬)의 "수치 차이가 여성이 남성보다 더 자주, 더 쉽게 눈물을 흘리는 이유를 일부 설명할 수 있다"고 말한다.[120] 나는 이 남자의 개념적 틀에서 기본형은 남성이고 여성은 그에 대한 비교형이라는 것을 알아채지 않을 수가 없다. 프레이(그뿐만 아니라 내가 읽은 모든 울음 연구자)는 성을 이분법적이고 절대적인 것으로 취급하고 성과 젠더를 구별하지 않는다. 나는 이 문제를 파고들어 프로락틴 수치 차이가 유년기 이후에 나타난다는 사실을 찾아낸다. 또 연구자들이 '여성'으로 분류한 사람들은 이 호르몬이 증가하고, '남성'으로 분류한 사람들은 감소한다. 프레이가 모델을 거꾸로 세웠다면 어땠을까? 왜 남자들은 프로락틴이 결핍되고, 그로 인해 우는 능력을 잃는 것인지 묻는다면 어떨까? 혹은 더 나아가서, 연구자들이 섹스와 젠더를 더 다양한 집합으로 바라본다면 어떨까? 그때 눈물의 과학은 어떤 이야기를 내놓을까?

●

"잘못된 정보가 너무나 많이 돌아다닙니다." 프레이가 나에게 말한다. 그는 비행기에서 한 여자가 『코끼리가 흐느낄 때: 동물의 감정 생활When Elephants Weep: The Emotional Lives of Animals』을 읽는 것을 보고 책이 어떠냐고 물었다고 한다. "환상적이에요." 여자의 대답에 프레이는 대답했다. "환상적이긴 하지만 정확하진 않을 겁니다."

◆

그렇지만 그는 생각을 바꿀 수 있는 사람이다. 나는 내가 읽은, 우는 코끼리를 죽인 사냥꾼 이야기를 그에게 들려준다. “그거 끔찍하네요.” 그가 대답한다. 그 목소리에서 나는 끔찍하다는 감정을, 이 사람 안의 감정적인 동물성을 느낀다. 나는 영화 〈챔프〉를 귀로 듣다가 울었던 일에 대해 그에게 들려준다. 그는 나에게 연구실에서 눈물을 끌어내는 데 최고인 영화는 〈내 모든 것을 다 주어도All Mine to Give〉이더라고 말한다. 그는 피험자들이 영화를 보도록 재생 버튼을 누른 뒤 곧장 실험실을 빠져나오곤 했다. 울지 않으려고. 한때는 이 영화의 음악만 들려도 눈물이 차오르는 지경에 이르렀다. 이 영화는 실화(한 고아가 어린 동생들에게 각자 가정을 찾아준다)를 바탕으로 했기 때문에 다른 생각, 이 이야기가 진짜가 아니라는 마음 편한 생각을 짜내어 눈물을 참기가 불가능하다고 프레이는 말한다.

벨 훅스에 따르면 가부장제는 남성을 감정으로부터 차단하고 울지 못하게 만들지만, 사람이 나이가 들고 인간의 필멸을 이해하게 되면 다시 감정의 입구가 열릴 수 있다.[121] 하지만 이게 그리 간단한 일은 아니다. 남자는 스포츠 때문에 울기도 하고 전쟁에서의 활약을 회고하면서 울기도 한다. 사실 이는 시간과 공간에 따라 함께 달라지는 문제이다. 『감정을 가진 남자The Man of Feeling』에 나오는 그 모든 울음이 감수성을 숭배하던 18세기에는 긍정적으로 평가되었으나, 빅토리아 시대* 사람들은 책에 놀림거리로 새로 추가된 '눈물 색인'을 보고 웃음을 터뜨렸다.[122]

* 1837년부터 1901년까지, 영국의 빅토리아 여왕이 통치한 시대.

벨 훅스는 자신이 사랑한 남자들의 눈물에 본인부터가 호의적으로 반응하지 않았다고 쓴다. 이 말에 나는 날카로운 깨달음과 죄의식을 느낀다. 한번은 크리스가 노트북에 물을 쏟은 일로 심하게 울었는데 나는 그를 위로하면서도 속으로 화를 내고 경멸했다. 그 울음은 과잉으로 느껴졌고 귀찮게 여겨졌고 그에게 어울리지 않았다. 나는 아기를 흔들 때 해서는 안 되는 방법으로 그를 흔들고 싶었다. 엎지른 우유에 관한 속담들을 떠올렸다. 연상 작용을 멈추기가 쉽지 않았다. 그러나 그런 것을 느끼는 동안에도 그것들이 틀렸다는 걸 알고 있었다. 그는 지쳤던 것이다. 노트북의 사망은 그가 빠져들 수 있는 구멍이었을 뿐. 나야말로 그동안 며칠이고 몇 주고 울었고 크리스는 내가 다시 거대한 절망에 빠지는 순간이 올까 봐 두려워하며 지냈다. 당시 그가 일하는 대학이 재정난에 빠진 탓에 감축이며 파업에 관한 이메일이 쏟아지고 있었다. 그는 글을 쓸 시간도 산책할 시간도 자유롭게 생각할 시간도 거의 가지지 못했다. 나는 내 안의 다정한 부분이 자신은 녹초가 되었다고, 도움이 필요하다고 신호를 보내는 남편을 돌보기를 바랐다. 하지만 내 몸의 바로 그 부분이 잠들어 있는 것 같았다.

넷플릭스의 시트콤 〈크래싱Crashing〉은 버려진 것이나
다름없는 런던의 한 병원에서 살아가는 20대들의 이야기이다.
한 여자는 섹스 중에 약혼자가 울 때만 자신이 오르가슴을
느낄 수 있다는 사실을 알게 된다. 그걸 보니 낭만주의 시대
사람들은 연인들의 눈물이 한데 섞이는 걸 좋아했다는 게
떠오르지만, 이 시트콤의 경우엔 남자가 울 때만 여자가
만족한다는 차이가 있다.

나의 시인 친구 엘리는 성전환 중 어느 시점엔가 자신이 이제는 거의 울지 않는다는 걸 깨달았다고 말한다. T가 선사하는 이 새로운 자유감이 마음에 들었으며 자신의 "뇌가 처음으로 몸과 한편이 되는" 기분이었다. 그러나 더 이상 눈물을 흘리지 않는 것이 그 만족감에서 비롯된 결과만은 아니었다.[123] 그는 슬픔을 느끼는 상황이 생기면 전처럼 눈물이 나오기를 기대했다. 그러나 나오지 않았다. 마치 "재채기가 나오려다 사그라드는" 것처럼. 물리적으로 방출되지 않은 슬픔은 분노로 변형되었다. 이제 엘리는 우는 대신 숨쉬기를 하면서 위로를 찾는다.

레나토 로살도는 같은 인류학자로서 함께 필리핀의 일롱곳 부족에 관해 현지 연구를 진행하던 아내가 그곳 절벽에서 떨어져 세상을 떠났을 때 "울려고 했고 훌쩍이긴 했으나 분노가 눈물을 가로막았다".[124] 아내의 시신을 향해 다가가자, "나는 악몽을 꾸는 것 같았고 내 주변 온 세상이 팽창하면서 수축했고 눈앞과 내장이 모두 굽이쳤다. 밑으로 내려가는데 일고여덟 명쯤 되는 남자들이 가만히, 조용히 서 있는 게 보였다. 나는 신음하고 훌쩍였지만 눈물은 나지 않았다."[125] 바로 그런 슬픔 속에서야 그는 일롱곳인들이 말하는 머리사냥*의 의미를, 해석하기보다도, 느끼기 시작했다. 여기에 내가 덧붙일 말은 떠오르지 않지만, 로살도는 인류학 특유의 보편적인 언어로, "한 일롱곳 남자는 슬픔에서 비롯된 분노가 그더러 다른 인간을 죽이라고 재촉했다고 말했다."라고 적었다. "그는 '분노를 내보낼' 장소가 필요하다고 설명했다."[126]

* 어떤 장소에 매복해 있다가, 우연히 그곳을 지나는 첫 번째 사람을 죽이고 그 머리를 베는 관습.

♦

죽기 전 미셸 로살도가 쓰기를, 어느 날 밤 일롱곳 친구들이 수년 전 머리사냥 의식 때 녹음했던 테이프를 들려 달라고 했다. 그 수년 동안 주민들이 기독교로 개종하고 또 그 지역에 계엄령이 선포되었던 탓에 머리사냥이 더는 불가능해졌다. 의식 때 부르는 전통적인 노랫소리가 재생되기 시작하자 한 남자, 투크바우는 집 밖으로 나갔다. 또 다른 남자 인산도 자리를 떴다. 나중에 인산은 그 이유를 "사람 목을 잘라 본 적 없는 어린아이들에게 자신이 보일 강렬한 반응을 감추기 위해서, 울고 싶었고 부끄러워서"였다고 설명했다.[127]

♦

나는 슬퍼하는 미국 남성의 분노가 두렵다. 그들 자부심의 얄팍한 원천 하나를 좀 잃었다고 가족을 살해한 뒤 스스로 목숨을 끊는 남자들의 분노가 두렵다. 하루는 함께 산책하는 동생이 친구의 전화를 받았다. 동생은 보도에 쓰러져 구겨 앉은 채 울었다. 죽음의 소식. 어떤 남자가 아내(전화한 친구의 동생)를 죽이고 자살했다. 아이들이 지켜보는 가운데.
어떻게 견디겠는가.

♦

주디스 버틀러는 "슬퍼하는 능력에서 비폭력"의 원천을 찾는 것이 가능할지 묻는다. "견딜 수 없는 상실을 견디면서 결코 그것을 파괴로 전환하지 않는 것"이 가능할지, "견딜 수 없는 슬픔을 견디는 것 말고 다른 방식으로 살아내는 것"이 가능할지 묻는다.[128]

나는 남자들이 이미 느끼고 있는 슬픔에 근거를 대려고 사람을 죽이는 건 아닌지 묻는다.

나는 물이 물 아닌 것을 둘러싸고 언다는 사실을 얼마 전에 배웠다. 물이 얼음이 되는 방법을 떠올리려면 저와 다른 분자가 필요하며, 모든 눈송이는 아주 흔히 박테리아를 둘러싸고 형성된다는 사실을.[129] 물이 얼음이 되기 위한 어떤 근거.

“어떤 사람들은 우는 법을 모릅니다. 어떤 사람들은 친척이 세상을 떠났을 때도 어떻게 말하고 울어야 하는지 모릅니다.” 아미 도클리의 말이다. 그는 가나 사람들이 “자신의 장례식에 와서 울어 주라고” 고용하는 울음 청부업자이다.[130]

그래, 나는 생각한다, 이게 그 다른 분자야. 물에게 얼음이 되는 법을 알려 주는, 슬픔에게 눈물이 되는 법을 상기시켜 주는, 다른 분자. 도클리는 내용이 아니라 형식을 제공하는 사람, 애도의 방향과 형태를 잡아 주는 사람이다.

전문 애도자의 눈물은 교사가 학생에게 시의 약강격 음보*를 몸으로 소리 내는 법을 가르칠 때 세는 박자(닷 따 닷 따 닷 따 닷 따)와도 같다. 그러나 아니, 도클리에 따르면 그나 그가 함께 일하고 함께 우는 사람들은 다 남편과 사별한 이들이다. 그들의 눈물은 그저 형식적으로 보여 주기 위한 것이 아니다. 그들의 눈물은 슬픔을 줄줄 이어 다시 새로운 페이지를 써내는 시이다.

* 영시의 운율로, 약한[짧은] 음절 하나에 강한[긴] 음절 하나가 따라 나오는 형태를 뜻한다.

●

1972년의 어느 눈 오는 아침, 대통령 예비선거가 한창이던 그때, 민주당의 경선 후보 에드먼드 머스키는 뉴햄프셔의 유니언리더 신문사 앞에 서서 이 신문이 비난한 본인의 아내를 변호했다. 기자들은 그가 울더라고 보도했다. 이 이야기는 강인하다고 알려졌던 머스키의 명성에 흠집을 냈고, 그 결과 조지 맥거번이 민주당 후보로 당선되었다. 머스키는 자신은 울지 않았다고, 그 눈물은 눈에 떨어진 눈송이였을 뿐이라고 주장했다.[131]

2013년에 발표된 "쾌락적 전도(顚倒)" 혹은
"무해한 마조히즘"에 관한 한 연구는 매운 음식이나
역겨운 농담, 슬픈 음악 등 사람들이 "처음에는 몸(뇌)이
위협으로 잘못 해석하여 부정적으로 느끼는 경험"이 쾌락이
되는 과정을 다룬다. 이에 따르면 "몸이 속았다는 깨달음,
실제로는 전혀 위험할 것이 없다는 깨달음은 '마음이 몸을
이겼다'는 쾌락으로 이어진다. 그렇다면 이는 일종의 숙달
문제로도 해석할 수 있다."[132]

숙달하는 것 말고, 다르게 생각할 방법을 찾고 싶다. 난 나를 울리는 것들을 완벽하게 알고 싶은 생각이 없고, 그렇다고 그것들에 완전히 항복할 생각도 없으므로. 지금 이 문장들을 태워 올리는 파도에 익숙해지려 하지 않을 것이며, 그렇다고 이미 존재하는 해악을 재생산할 뿐인 거친 파도에 복종하지도 않을 것이다. 나는 나와 하등 관계없는 별들에 의지하여 항해하는 법을 배우고 싶다. 어떤 인간도 완벽하게 알 수 없는 별들. 그러나 인간에게 갈 곳을 짚어 주는 별들. 나는 내 아이를 그 빛 쪽으로 향하도록 이끌고 싶다.

버틀러는 말한다.

> 애도는 원치 않는 변화에 굴하는 것과 연관되어 있다.
> 그 변화의 온전한 형태나 온전한 의미는 미리 알 수 없다.
> (…) 뜻으로 어쩔 수 있는 게 아니다. 일종의 취소이다.
> 우리는 하루의 한창때, 어떤 일에 파묻혀 있을 때 파도에
> 부딪힌다. 그것으로 모든 것이 멈춘다. 우리는 비틀거리고,
> 어쩌면 쓰러진다.[133]

바스 얀 아더르의 말이 나에게 돌아온다. “내가 지붕에서 떨어지거나 운하에 빠진 이유는 중력이 나를 지배하는 주인이기 때문이었다. 내가 운 이유는 극도의 슬픔 때문이었다.”

버틀러는 나와 같은 질문을 던진다.

> 문득 당신의 중력과 당신의 전진하는 움직임을 멈추는 저 파도는 무엇인가? 당신을 붙잡고, 당신을 멈추게 하고, 당신을 끌어내리는 그것은?
>
> 그것은 어디에서 오는가? 이름은 있는가?[134]

♦

내가 울고 있는 이유에 어떤 이름을 붙여야 할지 나는 모른다. 물론, 원인을 제공한 상황들에는 이름을 붙일 수 있지만(그중 으뜸은 '수면 부족'이다) 지금 이 순간은 내 의식이 온통 고통으로 이루어져 있는 이유를 그 무엇으로도 충분히 설명할 수 없다. 절망은 이성적이지 않다. 절망은 균형 감각을 모른다. 절망은 내 삶의 물질적인 조건들이 위태롭지 않다는 것을 알지만, 그런 것에 개의치 않는다. 바닥에 주저앉아 눈물을 쏟는 나의 귀에, 나는 진짜 인간이 아니라고 크리스에게 말하는 내 목소리가 들린다. 일어나지 못하고 그릇을 씻지 못하고 다른 방으로 건너가는 방법을 떠올리지 못하는 이 무력함과 내 입에서 나오는 말 사이의 관계를 찾아내려고 하지만, 중력이 너무도 강력한 탓에 그 생각을 끌어올려 입에 담을 수조차 없다. 나를 붙들 수 있는 것은 바닥뿐. 그보다 더 밑으로 내려갈 수 있었다면 나는 내려갔을 것이다.

절망은 우리를 넘어지게 하고 넘어지면 우리는 웃음을 터뜨린다. 왜일까? 철학자 앙리 베르그송은 넘어지는 움직임이 우리 의지와 무관하며, 그로 인해 우리의 "근육은 이 상황에서 다른 움직임이 필요함에도 계속 똑같은 동작을 수행하기 때문"에 웃음이 터지는 것이라고 설명한다. "가령 길에 놓인 돌멩이 때문에" 넘어진 남자를 상상해 보라. "그는 속도를 바꾸거나 장애물을 피했어야 했다."[135]

과학자들이 포토샵으로 눈물을 지운 사람의 얼굴 사진을 보여 주면 피험자들은 그 사람이 웃고 있는 건지 울고 있는 건지 구별하기 어려워한다.

◦ 바스 얀 아더르의 영화 〈너무 슬퍼 이야기할 수가 없어〉의 한 장면

지난주에 나는 저녁으로 먹을 고구마를 깎고 딸은 싱크대 근처에서 놀고 있을 때, 갑자기 왼손을 놓쳤다. 그건, 왼손을 어떤 위치로 옮겼는데 그 위치 자체가 사라진 듯한 느낌이었다. 그때부터 모든 것이, 모든 위치가, 내 몸이, 내가 이 세상에 존재하는 감각 전부가 현실감을 잃기 시작했다. 생각하는 나 같은 건 없고 일종의 내레이션만 존재하는 것 같았다. **뇌졸중일지도 몰라,** 하고 그 내레이션이 말했다. 나는 칼을 내려놓았다. 친구에게 전화했다. 그렇게 한 이유는 이런 이야기에서 우리가 취해야 하는 행동을 내레이션이 알고 있었기 때문으로, 두렵진 않았다. 나의 어떤 부분인가는 여전히 거기 존재했고, 이후 깨달은바 나는 이 새로운 종류의 의식에 흥분과 궁금증을 느꼈다. 그건 아마도, 일종의 쾌락적 전도였을 것이다. 다만 내가 경험한 것은 마음이 몸을 이기는 쾌락이 아니라 몸이 마음을 이기는 쾌락이었다. 혹은 그 둘을 나누는 잘못된 경계선이 허물어지는 데서 오는 쾌락.

◆

응급실에 가서 CT 촬영을 한 뒤 의사는 나의 증상이 뇌졸중이 아니라 단순한 눈 편두통이라고 말한다. 몇 년 전 다른 상황에서 시야가 갑자기 비뚤어지며 얼마 동안은 글자를 읽을 수 없었던 일이 기억난다. 책을 펼쳐 들고 검은색 상징들을 봐도 그 뜻을 해독할 수 없었다. 읽는 법을 모를 때 본 글자 같았다. 질서 있고, 매력적이고, 불가해한. 그날 나는 울었다.

어렸을 때 엄마는 나를 혼내고 싶으면 내 책을 빼앗아 갔다. 그게 체벌을 그만둔 뒤의 방법이었다. 마지막으로 엉덩이를 맞은 때가 기억난다. 내 방에서 손으로 선반을 붙잡고 선 채, 눈물이 단 한 방울도 떨어지지 않도록 내 책들의 다채로운 등을 뚫어지게 바라보았다. 나는 벌을 엄마에게 되돌려주고 싶었다. 엄마가 실패했다고 느끼게 하고 싶었다. 나는 뒤로 돌아 엄마의 얼굴에 대고 말했다. **하나도 안 아프네.**

내 딸이 태어난 다음 날 내 배를 갈랐던 산과의사가 회진을 왔다. 나는 어째서 제왕절개가 필요했는지, 왜 감염이 일어나서 수술을 선택하게 되었는지 그에게 묻고 싶었다. 내가 어떤 말로 질문했는지는 기억나지 않지만 그의 대답은 정확하게 기억한다. "질은 더러운 부위니까요." 그에게 어떤 책을 집어던졌으면 좋았겠느냐고? 『우리의 몸, 우리 자신Our Bodies, Ourselves』이다. 아마존에 따르면 이 책의 1973년 하드커버판 중량은 1.3파운드*이다.

* 1.3파운드는 약 590g이다.

♦

쾌락적 전도에 관한 연구에서 학자들은 다음과 같이 추론한다.

> 우리가 발견한 가장 흥미로운 사실은 어떤 사람들은 매우 다양한 종류의 슬픈 경험을 하고, 그로 인해 울기를 즐기는 경향이 있다는 것, 그리고 이 경향성은 여성에게 더 두드러진다는 것이다. 모든 쾌락적 전도 중에서도 슬픔에 대한 애호는 예술 작품과 맞물려 있다. 그만큼 심미적 특질이 있는 것이다. 만약 우리가 슬픔의 기능을 더 잘 알았더라면 이 현상을 더 잘 설명할 수 있었을 것이다.[136]

♦

“만약 우리가 젠더의 기능을 더 잘 알았더라면 이 현상을 더 잘 설명할 수 있었을 것이다.”

“만약 우리가 미학을 더 잘 알았더라면 이 현상을 더 잘 설명할 수 있었을 것이다.”

“만약

“만약

“만약

“만약

타인의 몸을 오해하기로 작정한 것만 같은 과학자들과 이렇게 가상의 논쟁을 벌이는 것도 때로는 기진맥진하는 일이다. 만약 그들이 이 책을 읽더라도, 그래도 그들은 내 말을 진지하게 듣지 않을 것이고, 슬픔에 젖은 뇌와 눈물로 부은 내 얼굴 때문에 나를 신뢰하지 않을 것이다.

♦

마저리 켐프의 장대한 울음은, "모든 눈물은 진짜 눈물"이기에 진짜였던 동시에 그에게 종교적 권위를 부여하는 퍼포먼스였다고 주장하는 연구자들이 있다. 그 시대에 남편이 있는 여자로서 켐프가 교회의 공직을 맡을 가능성은 전혀 없었을 테니까.[137] 눈물로써 권력을 손에 넣으려는 사람은 시대의 관례에 맞게 무너져야만 한다. 그러나 켐프가 어느 피에타 앞에서 느낀 거대한 슬픔은 이 사람의 종교적 경험이 얼마나 깊고 참된가를 보여 준다. 반면에 그에게 "여인이여, 예수는 오래전에 돌아가셨습니다."라고 훈계하는 사제의 신앙은 의심스럽다.[138] 켐프에게는 모든 시간이 하나의 시간이며 예수는 늘 죽어 가고 있다.

가장 밑으로 가라앉았을 때, 절망에 빠졌을 때, 나는 (그게 무엇이든) 최근에 알게 된 난폭한 죽음이 당장 내 앞에서 벌어지고 있는 듯한, 그 고통에는 끝이 없는 듯한, 그 고통의 크기에 비할 것은 내 죄의식과 무력감의 크기뿐인 듯한 기분을 느낀다. 절망에 빠지지 않았을 때는 행동할 수 있다. 죄의식이 책임감으로, 무력감이 결심으로 변화한다.

◆

어느 일요일, 나는 퀘이커교의 '친구들 모임'에 간다. 나는 이 종교의 신자가 아니고 신을 믿지도 않지만 절망에 빠져 있다. 나는 침묵 속에서 집중할 만한 부적으로 즈비그니에프 헤르베르트의 「코기토 씨의 사절Envoy of Mr. Cogito」 한 부를 주머니에 넣고 간다. 정적에 익숙해지자마자 내 몸이 울기 시작한다. 티슈를 가져오지 않아서 어린애처럼 틈틈이 소매로 콧물을 훔쳐야 한다.

이 시에서 헤르베르트는 우리가 꼭 사랑해야 하는 세계의 여러 자연적 요소를 열거하면서 선언한다.

> 그것들은 당신의 따뜻한 숨결이 필요하지 않다
> 그것들은 그곳에서 말한다, 그 누구도 당신을 위로하지 않을 거라고[139]

♦

나는 자꾸 사람들에게 이 시를 소개한다. 이 시가 나에게 용기를 주기 때문인데(희망에 닿을 수 없을 때 나를 붙잡아 준다) 이를 이해하는 사람은 시인들뿐이다. 다른 사람들은 당황하거나 걱정한다. 그들은 시가 그물이기를, 둥지이기를 바라는 것 같다. 그들은 자줏빛 긴 옷을 입은 예수가 자기를 위로해 주길 바란다.

시인이 특별한 존재라고 말하려는 게 아니다. 우리는 노동자일 뿐이다. 나는 앙리 베르그송이 전해 준 이 지혜를 마음에 새기려고 늘 노력한다.

> 라비슈의 한 희곡에는 사람이 목재상이 아닌 다른 무언가가 될 수 있다는 걸 이해하지 못하는 캐릭터가 등장한다. 물론 그 자신이 목재상이다. 여기서, 해당 직업의 허영심에 비례하여 그 허영심이 흔히 '장엄함'으로 변화하는 것에 주목하자. 수상쩍은 성격이 강한 예술이나 과학, 직업일수록 그 일에 종사하는 사람은 스스로를 성직자와 비슷하게 여기면서, 모든 사람이 그 일의 신비 앞에 고개 숙여야 한다고 주장하는 경향을 보인다. 모름지기 유용한 직업은 대중을 위해 존재하는 것인 반면, 유용한지 아닌지 의심스러운 직업은 대중이 그 직업을 위해 존재한다고 여기며 그 존재를 정당화한다. 바로 이것이 저 장엄함의 뿌리를 이루는 환상이다.[140]

시 한 편을 쓰는 일은 구멍 하나를 파는 일과도 상당히 비슷하다. 노동이니까. 우리는 다른 구멍들에서, 앞서 구멍을 판 사람들에게서 배울 수 있는 것을 배운다. 문제는 구멍을 파지도 않는 사람들이다. 또는 구멍 속에 들어가서 왜 이 구멍은 이렇게 젖었냐고, 어둡냐고, 벌레투성이냐고 하는 사람들이다. "왜 당신의 구멍에는 빛이 없죠?" 선생님, 이건 구멍이에요.

샬럿 퍼킨스 길먼은 절망이 너무나 깊어지자 '신경쇠약증'을 앓는 사람들(주로 백인 여성과 참전 군인)을 위한 '휴식 치료법'으로 유명한 의사 사일러스 위어 미첼에게 편지를 썼다. 그에게 한 달간 치료받은 뒤 길먼은 처방전을 받아 들고 집으로 돌아왔다. 길먼은 자서전에 그 처방전의 내용을 다음과 같이 기록했다. "가능한 한 가정적인 삶을 영위하세요. 언제나 자녀와 함께 있으세요. (…) 매끼 식사 후 한 시간 뒤에 누우세요. 하루에 딱 두 시간만 지적인 활동을 하세요. 살아 있는 동안 펜이나 붓이나 연필에는 절대 손대지 마세요."[141]

일부 학자들은 이 지시 사항의 진위에 의문을 품는다. 길먼의 기억이 불완전하다는 것이다. 미첼은 많은 여자들에게 창조적인 활동을 권한 사람이었다.[142] 이 말을 하는 이유는, 마치 학자인 양 내가 한 말에 책임을 지기 위해서이다. 내 심장, 이 슬프고도 비이성적인 심장은 길먼의 말을 믿는다.

길먼의 일기 마지막 장은 미첼 박사를 만나러 가기 전에 쓰였다.

1887년 4월 19일 화요일.

어제 눈이 왔다. 밤이 추웠다. 오늘 아침도 쌀쌀하다. 크레슨 씨에게 또 편지가 왔다. 아기를 메리네로 데려간다. 돌아와서 점심. 집에 돌아온다. 문이 잠겨 있다. 열쇠가 보이지 않는다. 퇴창으로 어렵게 집에 들어온다. 집을 정돈하고 일기를 쓴다. 의사에게 보여 줄 나 자신을 설명하는 글을 쓰기 시작한다.[143]

♦

내가 아무리 찾아도 미첼의 자료에는 길먼이 썼다는 글에 관한 기록이 없었지만, 미첼과 저 '독재자' 올리버 웬델 홈스*가 주고받은 편지는 찾을 수 있었다. 편지에서 미첼은 정신질환을 앓는 여자들에 관한 홈스의 의견에 찬성한다며 그의 글을 인용하고 있었다.

> 히스테릭한 여자는 웬델 홈스가 단호하게 말했듯이 주변의 건강한 사람들의 피를 빨아먹는 뱀파이어다.[144]

* 올리버 웬델 홈스는 에세이 『아침 식탁의 독재자』(1856) 등 '독재자(autocrat)' 시리즈를 쓴 작가로 유명하다.

잠긴 문 앞에서 흐느끼는 길먼을 보았다면 미첼은 그를 구제 불능이라고, 피를 빠는 히스테리 환자라고 생각했을 것이다. 나는 안다. 내가 잠긴 문 앞에서 눈물을 흘린 적 있고 또한 나 자신을 그렇게 생각한 적이 있기 때문에.

♠

야후! 지식검색에서 사람들은 뱀파이어가 우는지, 그리고 운다면 그 눈물은 피인지 궁금해한다. 답변 중에 이렇다 할 결론은 없다.

♦

내 생각에 가장 막강한 눈물은 더 큰 비극의 와중에 일어나는 사소한 사건이 끌어내는 눈물이다. 내 마음이 열쇠를 잃고 문 앞에 선 길먼에게 당장 달려가는 이유도 여기에 있다. 분노에 차서 이혼 절차를 밟고 있을 때 차로 다람쥐를 치는 것. 장례식 다음 날 코인 세탁소의 세탁기가 먹통이 되는 일. 그럴 때 어떤 사람은 사실은 세탁기 때문에 우는 게 아니라고, 슬픔 때문에 우는 거라고 말한다. 재크도 시에서 이렇게 말한다.

울음의 좋은
점은 꼭 어떤
주제를 찾아내지 않아도
된다는 것[145]

어제 내 딸이 운 이유는 먹고 싶은 레몬이 통째로 남아 있지 않아서였다. 그리고 이제 눈이 많이 오지 않을 것 같아서였다.

♦

“내 아들이 울고 있는 이유”를 수집하는 웹사이트가 있는데 가끔은 정말 웃긴다. “아이가 주는 염소 먹이를 염소가 받아먹어서.”[146] 등등. 하지만 나는 더 묘하고 더 추상적인 이유가 더 마음에 든다. 가령 “그 물건을 공유하고 싶은 욕망이 그 물건의 소유권을 주장하고 싶은 욕망과 조화를 이루지 못해서”. 이해를 돕기 위한 사진도 하나씩 달려 있다. 내가 이 사이트를 보면서 웃음을 터뜨리곤 하는 이유는 즐거워서가 아니라, 우리가 볼 수 있는 것 너머에 맴돌고 있는 그 이상한 격자망을 엿보는 놀라움 때문이다.

나는 롤랑 바르트가 어머니의 죽음 후에 쓴 『애도 일기Mourning Diary』의 다음 구절에 대해 생각하고 있다.

> 슬픈 오후. 장을 보다. 베이커리에서 차에 곁들일 케이크를 산다(하찮은 일). 내 앞 손님을 접대하던 카운터의 여자가 **부알라(Voilà)** 라고 말한다. 내가 엄마에게 무언가를 가져다줄 때, 그녀를 돌보던 시기에 쓰던 표현. 한번은 거의 돌아가실 즈음, 반쯤 의식이 없는 상태에서 엄마는 힘없이 부알라(우리가 평생 서로에게 쓰던 말, **나 여기 있어**) 라는 말을 반복했다.
>
> 베이커리 점원이 말한 그 단어가 내 눈에 눈물을 차오르게 했다. 나는 조용한 아파트에 돌아와서도 한참 울었다.
>
> 나는 이런 식으로 나의 애도를 이해한다.
>
> (…)
>
> 가장 추상적인 순간의 가장 고통스러운 지점….[147]

◆

혹은 나는 르네 글래드먼을 생각한다. 그는 에드 로버슨의 시 읽기를 가르치는 일에 대해서 글을 썼다. "흔히 시를 읽을 때 우리가 경험하게 되는 것은 다름 아닌 격자망이며, 이 격자망은 어떤 의미가 담겨 있는 땅속 저장고와는 다르다." 그러나 글래드먼은 곧 깨닫는다. "내 생각에는 오류가 있었다. 감화가 발생하는 장소는 의미를 담고 있는 저장고처럼 따로 있는 것이 아니라, 격자망 자체였다. 나는 이를 주어진 시간 안에 설명할 수가 없었다."[148]

저 설명 불가능한 격자망을 엿보게 되는 순간들이야말로 절망의 정반대처럼 느껴진다.

♦

지난밤 필라델피아에 도착했다. 필라델피아 의사협회 역사도서관에 있는 미첼의 기록 보존소에서 이번 주를 보낼 생각이다. 모든 방이 그의 초상화로, 흉상으로 가득하다. 그가 손으로 쓴 글씨는 거의 해독 불가능하다. 수전증이 있던 19세기 의사의 악필. 그가 타자기에 의지하는 순간마다 내 온몸이 편해진다.

♦

미첼의 유일한 딸은 두 번째 아내 메리와의 사이에서 태어난 마리아였다. 마리아는 1897년 크리스마스 직후 디프테리아에 걸렸다. 스물두 살이었다. 1월 중순에 접어들어 병세가 악화되었고, 미첼은 아내에게 "M의 위독한 상태"에 대해 설명했다. 메리는 "조용히 있을게요. 난 견딜 수 있어요."라고 대답했다.[149]

미첼의 일기에서 찾은 대목들

1898년 1월 22일

내 딸애가 이 저주받은 날 2시 30분에 죽었다. 이제 우리만 남았다.

1898년 1월 24일

오늘 내 아이는 묻혔고
내 아내는 아프고
나는 아내를 볼 수가 없다
내 아픔은 견딜 수 있지만 나는 아내의 아픔까지 견뎌야 한다.

– 우리는 흉흉한 묘지에 우리 막내딸을 홀로 두고 왔다.
– 돌아와서는 갑자기 아내와 다퉜는데 아내는 외롭다고 했다. – 모든 참된 슬픔은 외롭지 않은가. – 누구도 알아주지 않기에 – 줄어들지 않는다. –

이 대목에서 언제나 시인으로서 더 진지하게 평가받기를 갈망했던 미첼은 시로써 자신의 마음을 표현하기 시작한다.

다른 모든 슬픔을 넘어서는 슬픔이 있다
어떤 심장의 슬픔을 견디는 것은 너무도 고달파
이 서글픈 짐은 시간이, 혹은 신앙이 우리에게 주는
모든 위로를 넘어서는 듯하다
당신들이 겪었던 고통이 오늘은 내 것이니
이 더해진 아픔을 피할 수 있는 사람은 행복하다
견딜 수 없는 분노가
[글자 해독 불가]
우는 사람과 헛되이 우는 사람을
위해 운다. **신이시여 나를 도우소서.**[150]

♦

나는 이곳에 오기 전부터 (히스테릭한 여자를 경멸한 미첼에게 적개심을 느끼면서도) 그의 내밀한 편지와 일기를 들여다본다면 일종의 동족 의식을 느끼리란 걸 알고 있었다. 그러나 그의 슬픔에 눈물 흘리게 되고, 눈물이 보존된 자료를 망치지 않도록 얼굴을 돌리게 될 줄은 몰랐다.

♠

작업을 멈추고 점심을 먹는다. 직원 휴게소에서 존을 만난다. 그는 수년간 외국에 살다가 최근에 돌아와 대학의 모금 사업을 맡고 있다. 나는 벌써 미첼의 자료와 내밀한 관계가 된 데 힘을 얻어 존에게 아래층 자료실에서 방금 울었노라고 말한다. 그러자 그는 최근에 자신이 흘린 눈물에 관해, 고향으로 돌아오는 일의 어려움에 관해 들려준다. 사서 베스가 자리에 함께하고, 나는 그에게도 자료실에서 운 일을 이야기한다. 베스는 영국박물관에 있는 구텐베르크 성서를 보았을 때 울었다고, 그가 얼마나 실컷 울었는지 걱정이 된 경비원이 뒤로 물러나라고 명령했다고 말한다.

♦

오늘은 지금까지 남아 세인트스티븐 감독교회를 돌보고 있는 단 두 명의 교회지기 중 한 명인 샤론을 만났다. 이 교회는 미첼 부부가 조각가인 오거스터스 세인트고든스에게 의뢰하여 만든 딸의 기념비가 있는 곳이다. 샤론은 이 교회에서는 더 이상 예배가 열리지 않는다고 했다. 근처 병원이 야금야금 인근 건물을 전부 사들였고 교구민이 될 만한 주민이 사실상 모두 없어졌기 때문이다. 교회의 위엄 있는 스테인드글라스가 밋밋하고 얇은 카펫과 대조를 이루고 있다. 샤론은 교회지기이자 가수이기도 해서, 크리스마스이브에 교회 성가대와 함께 노래(하워드 서먼이 '크리스마스의 기적'을 주제로 쓴 시에 붙인 노래)를 부르다가 성가대 지휘자가 이 노래의 길고 긴 to 부정사들에 감동하여 눈물 흘리는 모습을 보았다고 했다. 샤론은 자기도 눈물을 흘리게 될까 봐 지휘자를 쳐다볼 수가 없었다. "노래와 울기를 함께할 순 없잖아요. 아무렴 안 되죠."

세인트스티븐의 예배당 의자는 수년 전에 치워져, 이제 그 빈 자리에는 그날그날 필요한 대로 바꾸어 가며 가구를 배치하고 있다. 내가 코트를 다시 입고 교회를 나설 즈음, 샤론은 오래전 묵상을 위해 이곳을 찾았던 이들이 파 두고 간 방치된 연못에서 끈적끈적한 물을 전부 퍼 큰 양동이에 담는 일을 시작한다. 도와줄까 물으니 사양한다. 이미 다 더러워졌다면서. "일하는 중에도 노래를 부르시나요?" 내가 물었다. "아무에게도 말하지 마세요." 그가 말했다. "아무도 없을 때 이곳에 와서 연습한답니다."[151]

♦

교회지기의 임무 중 하나는 건물과 거기 딸린 무덤들을 돌보는 것이다. 교회 입구 옆에 윌리엄 쉬펜 버드의 무덤이 있다. 그의 세 아이가 옆 홀의 기념상 아래에 묻혀 있다. 부활의 천사가 부드러운 눈길로 아이들을 내려다보는 상이다. 이 조각 작품은 지나치게 달콤해서 나에게서 눈물을 끌어내지 못하지만, 저 사람들은 진짜이다. 샤론은 그들을 돌보며 노래를 부른다.

♦

2005년, 자금이 부족한데 다른 선택지는 없었던 상황에서 세인트스티븐 교회는 마리아의 기념비를 필라델피아 미술관에 판매했다. 나는 세인트고든스의 조각을 올려다보기 위해 그곳으로 향한다. 작품은 나를 움직이지 못한다. 그 매끄러운 대리석의 안정감은 미첼의 들쭉날쭉한 언어에 전혀 어울리지 않는다. **신이시여 나를 도우소서.**

미술관의 반대편 곁채에서 눈에 들어온 어떤 작품의 그 기발함에 웃음이 크게 터진다. 이 작품은 나무 상자이다. 뚜껑 밑에 인간의 발을 본뜬 금속 주물이 있고 상자 자체는 모래로 채워져 있어, 상자를 닫으면 (유리관 안에 있어서 실제로 닫을 순 없지만) 인위적인 발자국이 생기는 구조이다. 상자에는 서랍까지 달려 있어서 발자국 하나하나를 저장하고 보존할 수 있다. "발자국 기계!" 나는 이렇게 생각하고 미소 짓는다. 그리고 작품에 붙은 명판을 읽는다. "재스퍼 존스, 〈기억 조각Memory Piece〉(프랭크 오하라)." 입술에 아직 미소가 남아 있는데 눈에 눈물이 차오른다. 나는 오하라의 시를, 그의 열정을, 그의 에너지를, 그의 넘쳐흐르는 멜랑콜리를 사랑한다. 그는 1966년 파이어 아일랜드의 모래밭에서 차에 치여 죽었다. 존스는 오하라가 죽기 수년 전에 그의 발을 본떴지만 1970년에야 이 상자를 완성했다. 그건, 거의 사라져 버리다가 이윽고 (모래가 필연적으로 가라앉음과 함께) 완전히 사라져 버린 친구를 계속 곁에 두려는, 유치한 척하는, 달콤쌉싸름한 행위였다.

♦

나의 오래된 핫메일 계정에는 빌이 보낸 수십 통의 이메일이 그대로 남아 있고 나는 이따금 그것들을 보면서 우리가 어떤 사람이었는지 확인한다. 어느 편지에선가 빌은 자신이 좋아하는 프랭크 오하라의 「계단Steps」을 외우려 한다고 했다. 이 시의 화자는 뉴욕을 훨훨 날아다니다가 공원의 무용수들을 관찰한다. 이들은,

> 웨스트사이드 Y의 운동 중독자로 오해받을 때가 많지
> 그럴 만하지
> 승리한 피츠버그 파이리츠가 고함치지만
> 어떤 의미에서는 우리 모두 승리하고 있다
> 우린 살아 있다[152]

♦

다시 도서관에 가서 아침 시간 동안 『눈물기관The Lacrimal System』을 읽으며 의사들이 눈물을 묘사하는 그 건조한 태도에 이따금 웃음을 터뜨린다. 1791년 두 프랑스인 의사가 눈물의 화학적 구성에 대해 쓴 논문이 언급될 때, 내가 울음을 뜻하는 프랑스어를 모른다는 사실을 떠올리고, 누군가는 **눈물**을 **레 플뢰르**로, **울음**을 진하게 **라름**으로 부를 수 있다는 사실을 알게 된다. 두 용어의 차이를 더 알아보고 싶어서 미첼 홀(천장이 높고 인상적인 회의실로, 앞쪽에 있는 커다란 의자들과 미첼 본인이 학장으로서 앉았던 가장 큰 의자를 제외하면 텅 비어 있다)로 들어가 프랑스어를 아는 친구에게 문자를 보낸다. 메시지를 다 보내기도 전에 엄마가 보낸 문자가 도착한다. 나의 대모가 방금 돌아가셨다고. 그 빈방에 초상화로 살아가는 모든 학장의 시선이 나에게 쏠리는 것을 느끼는 동시에 내 눈에 눈물이 가득 고인다. 책에서 읽은 말이 맞았다. 감정적 눈물은 반드시 좌우대칭으로 차오른다.

걸음을 내디뎌 미첼의 초상화 아래에 놓인 미첼의 의자를 마주하고는, 그와 좀 은밀히 있을 수 있는지 살핀다. '성인의 울음에 관한 다국적 연구'에서 혼자 있을 때나 사람이 많을 때는 울지 않는 것이 좋다고 했던 것을 떠올리면서. 목격자는 한 사람으로 충분하고, 그 사람이 당신을 위로할 것이다. **미첼, 당신은 내 편인가요?** 그가 한참 높은 곳에서 나를 내려다본다.

♦

세인트고든스의 조각상은 마리아를 위한 유일한 기념비가 아니었다. 딸이 죽은 지 1년 후 미첼은 아이를 기리며 시 「리키아 묘에 붙이는 송가Ode on a Lycian Tomb」를 썼다. 그가 슬픔으로부터 거리를 두기 위해 메리와 찾은 콘스탄티노플, 그곳에서 본 석관을 소재로 시를 쓰고 이를 개인적으로 인쇄했다. 그간 미첼은 알프레드 테니슨의 장시 『인 메모리엄In Memoriam』에서 위안을 얻었지만 자신의 모든 슬픔이 충분히 표현되지 않았다고 느꼈다. 그는 그 석관에서 비로소 자신의 슬픔에 어울리는 예술을 찾아내고 아들에게 이렇게 썼다.

> 이 '플뢰뢰즈'(pleureuses, 전문 애도자)들은 그렇게 대단하지는 않아도 지극히 심금을 울린다 – 다양한 슬픔의 태도를 보여 주는 십수 명의 여자가 대리석 조각을 가득 채우고 있다 – 이 대석관을 크게 걸어 돌다 보면 끝내 여자들이 너무나도 안쓰러워진다 – 이곳에서 가장 훌륭한 작품이다 – 터키인에겐 돼지 목에 진주 목걸이랄까 –[153]

오직 그만이 이해할 수 있고 그만이 해석할 수 있다. 현실에서 눈물 흘리는 여자들을 그토록 의심스러운 눈길로 바라보던 사람이, 이국의 돌에 새겨진 우는 여자들을 보고는 그들이 자신의 규준과 자신의 필요에 맞게 울고 있다고 생각한다. 그를 향해 솟았던 내 안의 다정함이 다시 사라진다. 그의 슬픔은 점점 지나치게 매끄러워지고 지나치게 하얘진다.

애초에 내가 미첼의 이름을 발견한 것은 우연이었다. 「울음에 관한 '최초의 심층 연구'」의 감사의 말 페이지에서 그의 이름을 보았다. 그에 관해 더 찾아보게 된 이유는 저자 앨빈 보르키스트가 그 뒤로는 아무것도 공개적으로 발표하지 않은 탓에 논문을 직접 찾아볼 방법이 없었기 때문이다. 보르키스트는 첫 연구를 끝낸 뒤 네바다주로 가 개인적인 삶 속으로 사라진 듯하다. 그의 소속 대학 학장이자 그 연구가 처음 게재된 저널의 편집자였던 G. 스탠리 홀의 기록 보존소에서 읽은 것에 따르면, 보르키스트는 동부의 대학에 다니는 것을 힘겨워했고[154] 전 지도 교수는 그를 '자수성가'형이라고 폄훼했으며, 자신을 도와주려는 사람들을 무심코 모욕하는 경우가 많았다.[155] 나는 보르키스트가 서부를 그리워하면서, 모르몬교도로서 무신론자 밑에서 일하며 혼자 많이 울지 않았을까 생각해 본다.

집으로 돌아와 멕시코의 라 요로나(울보) 전설에 관해 읽는다. 남편에게 버림받은 뒤 아이들을 죽이고는 그 아이들을 생각하며 흐느낀 유령 엄마.[156] 내 배에 금이 가더니 속절없이 갈라지기 시작한다. 금이 머리까지 닿기 전에 책을 덮는다.

출처를 알 수 없는 오하이오 지역 민담을 모아놓은
온라인 사이트에서 사람들이 '우는 다리' 이야기를 한다.
그런 건축물에는 흐느끼는 유령들이 깃들어 있는데, 주로
제 발로 물속에 들어가 아이와 함께 죽은 엄마들의 유령이다.
한 이야기에서 여자와 아이들은 노예잡이를 피해 달아난다.
혹시 이건 『빌러비드Beloved』*처럼 마거릿 가너 이야기의 다른
버전일까? 하지만 다른 점이 있다. 칼이 아니라, 강이다.

* 흑인 여성 최초로 노벨문학상을 수상한 토니 모리슨(Toni Morrison)의 대표작이다. 마거릿 가너(Margaret Garner)라는 흑인 여자 노예의 실화를 바탕으로 한 소설로, 아이들과 함께 노예 농장에서 도망친 가너는 노예 사냥꾼에게 잡히게 되자 두 살배기 막내딸의 목을 칼로 직접 베었다.

이번 선거에서(알렉산더 지는 이 선거를 "마치 앞으로 또 다른 선거는 없을 것처럼 우리 모두 '선거'라고만 부르는 선거"라고 평한다.[157]) 소위 전문가들은 그 벽이 은유일 뿐이며, 실제로 세워지진 않고 말로만, 이주를 제한하는 법률의 형태로만 존재할 것이라고 주장했다. 그런데 이번 주에는 그 벽이 실제로 세워질 것이라는 새로운 말이 나왔고, 그걸 구현하려면 길게 이어진 강과 산맥 등, 외국인 혐오의 수사가 실제로 구현되는 것을 방해하려는 거친 지형들을 해결해야 한다고 했다.

이에 시인들은 온라인에서 서로에게 로버트 프로스트의 시구를 떠올려 준다. "무언가 벽을 사랑하지 않는 것이 있다"고.[158]

♦

은유가 실제 세계에 나타날 때, 얼마나 자주 난폭하게
나타나는지 모른다. 왕위에 오른 포르투갈의 페드로 1세는
수년 전 자신의 연인 이네스 드 카스트로를 살해한 자들을
체포했다. 자신이 슬픔 속에서 경험한 분노를 그들 역시 문자
그대로 겪길 바란 왕은 그들의 몸에서 심장을 뜯어내라고
명령했다. 한 사람은 앞쪽에서, 다른 한 사람은 뒤쪽에서.
여기에는 형식이 있다. 패턴이 있다. 공포를 대칭 안에
담아냄으로써 그것을 더 격렬하게 만들려는 시도.[159]

이네스가 살해당했다는 분수, 그 밑바닥에 선명히 남아 있는 붉은 자국은 이네스의 혈흔이라는 전설이 전해진다. 사람들은 이 분수를 '눈물의 분수(Fonte das Lágrimas)'라고 부른다.[160]

◆

국경 이쪽에서 부르는 그 강의 이름은 리오그란데이다. 저쪽에서 부르는 이름은 리오브라보. 라 요로나는 양쪽에 똑같이 출몰할 것이다. 잘 알려져 있듯 유령은 벽에 초연하다.

◆

유세프 코문야카의 「마주하며Facing It」의 화자는 참전 군인이며 흑인이다. 그는 베트남 참전용사 기념 벽의 거울 같은 밝은 표면을 들여다보며 애써 울지 않으려고 한다. "내 검은 얼굴이 희미해지며 / 검은 화강암 안으로 숨는다. / 그러지 않겠다고 했다. / 젠장. 눈물 흘리지 말 것. / 나는 돌이다. 나는 살이다." 그처럼 실제와 은유 사이의 선이, 벽과 세상 사이의 선이 흐려지다가 둘 사이가 전혀 구분되지 않는 듯한 순간이 온다.

> 어느 백인 용사의 형상이 둥둥 떠서
> 나에게 가까워지더니, 그의 창백한 눈동자가
> 내 눈을 들여다본다. 나는 창문이다.
> 돌 속의 그는
> 오른팔을 잃었다. 검은 거울 안에서
> 한 여자가 이름들을 지우려 한다.
> 아니다, 어떤 남자애의 머리카락을 쓰다듬고 있다.[161]

저 백인 용사의 팔은 전쟁 중에 날아갔다. 이 벽은 그것을 어떻게든 담고는 있으나 돌려줄 순 없다. 화자의 검은 얼굴이 시의 도입부에서 서서히 사라져 숨어 버렸듯 벽은 그의 팔을 보이지 않게 감춘다. 이 시 자체가 거울 같은, 어두운 벽이다.

수년 전 시인 리 앤 로리포는 한 편의 시가 사람들의 고통을 완화하는 치료 수단으로 기능할 수 있다는 내용의 논문을 쓰면서 「마주하며」를 언급했다. 그에 따르면 신경과학자 V. S. 라마찬드란은,

> 거울 상자를 만들었다. 절단 환자에게 남아 있는 온전한 팔의 거울상이 광학을 통해 유령팔의 감지 부위에 포개지고, 그 결과 유령팔이 다시 한번 회생하고 육체화되는 시각적 환상이 발생하는 장치이다. 환자들에게 이 광학적 환상을 바라보면서 온전한, 실재하는 손을 마비와 경련을 일으키는 위치에서 다른 곳으로 옮기라고 하면, 이들은 유령팔이 움직이는 것을 볼 뿐만 아니라 그 움직임을 '느끼기'까지 했다. 놀랍게도 이 방법이 일부 유령팔 환자들의 마비와 통증을 치료해 주고, 또 다른 경우에는 유령팔과 고통이 동시에 사라지는 효과를 보이는 것으로 나타났다.[162]

로리포는 「마주하며」가 일종의 거울 상자 기능을 한다고 말한다. 시의 화자는, 그리고 (참전 군인이며 흑인인) 시인은 이 시 안에서 전쟁의 트라우마를 비추고 비울 수 있었다고 이야기한다. 인지과학과 시를 결합한 작업들에 매료된 나는 그 후 몇 달간 로리포의 생각을 재밌게 들을 만한 모든 사람에게 들려주었다. 문학 축제에 참석하기 위해 클램슨대학에 방문했을 때는 주최자 질리언 와이즈에게 그 논문에 관해 떠들었는데, 마침내 그가 내 생각의 방향을

바꿔 주었다. "난 사람들이 유령 팔다리를 은유로 생각하지 않았으면 좋겠어요. 어떤 사람은 실제로 그걸 겪으니까요."

◆

'유령 팔다리'라는 용어를 처음 만든 사람은 사일러스 위어 미첼이다. 그는 남북전쟁 기간에 부상병의 팔다리가 잘려 나가는 수술을 수없이 목도하고 또 집도했다. 그는 이 지식을 토대로 「조지 데드로의 사례The Case of George Dedlow」라는 단편소설을 썼다. 소설의 주인공인 조지 데드로는 북군으로 참전했던 의사로, 두 팔과 두 다리를 절단당하고 유령 팔다리 통증을 앓는다. (다만 의사들이 감염된 팔을 처음 절단할 때는 고통이 사라진다. "바닥에 놓여 있던 팔을 가리키며 내가 이렇게 말했던 것만 기억납니다. "고통은 저기에 있고 나는 여기에 있네요. 참으로 별나군요!"[163])

미첼 기록 보존소에는 남북전쟁이 끝나고 수년 후 참전군인들의 환상지통에 관해 조사한 내용이 있다. 그들의 통증은 결코 은유가 아니었지만, 일부 부상병들은 은유를 구사해 그 통증을 설명한다. 어떤 사람은 부상당한 뒤 전보다 눈물을 자주 흘린다고 말한다. 미첼은 몸과 마음 사이의 연결 고리를 찾아내고 싶었고, 팔이나 다리를 잃으면서 자아의식이 변화하는 양상을 파악하고 싶었다. 그러나 그라면 아마 자신과 자신의 의족에 대해 스스로 목소리를 내려는 와이즈를 참아 내지 못했을 것이다. 와이즈는 도나 해러웨이의 '사이보그 선언'이 신체장애인이 실제로 겪는 자아와 전기 회로의 병합과는 무관한, 완벽히 '트라이보그(tryborg)'*적인 발상이라고 비판한다.

> 해러웨이는 트라이보그이다. 그는 신체장애가 없다. 그 어떤 접점도 지니고 있지 않다. 그는 이 단어를 은유로 사용한다. "존재하지 않는 / 이곳에 살지 않는 / 생각을 가지지 않은 그들을 위해 내가 발언하겠다"고 하는 전략이 트라이보그의 특징이다. 우리를 위해 목소리를 내지 않는다면, 이들의 연구 주제는 결코 목소리를 내지 않는 분야인 동물학으로 우회할지도 모른다.[164]

* 사이보그를 시험 삼아(try) 흉내 내는 사람이라는 뜻으로, 질리언 와이즈가 사용하는 말이다. 와이즈는 하지 절단 장애인으로, 의족을 착용하고 있다.

남북전쟁에 참전하기 전, 휴식 치료법을 개발하기 전, 미첼은 뱀을 생체 해부하는 데 가장 많은 시간을 쏟았다.[165]

텔레비전에서 한 저널리스트가 저 선동꾼 대통령 후보*에게 한 번이라도 운 적이 있느냐고 묻는다. 그의 대답은 "아뇨, 난 별나게 우는 사람이 아니에요. 일을 해치우는 게 좋아요. 난 별나게 우는 사람이 사람이 아니에요. 엉엉 울면서 여기저기 돌아다니는 그런 사람이 아니죠. 물론 그런 사람들이 있지요. 우는 사람을 나도 많이 봤어요. 아주 착한 사람들이에요. 하지만 나는 별나게 우는 사람이 아닙니다."[166]

* 도널드 트럼프를 말한다.

비잔틴제국의 의사들은 늑대 인간을 알아보는 방법으로 눈물을 흘리지 않는다는 특징을 꼽았다.[167]

다음 달에 낭독을 위해 버몬트주 올버니로 날아갈 일이 있다. 재크도 그곳으로 날아와서 낭독을 할 예정이다. 빌이 땅에 묻힌 지 6년이 지났다. 재크가 《옥토퍼스Octopus》의 '새로운 시인들' 호에 빌과 나를 소개한 지 12년이 지났다. 이제 나는 소위 '중견' 시인이고 빌은 죽은 시인이다.

내가 테드 베리건에게 화가 나는 이유는 빌이 그를 사랑했고 그가 빌에게 젊어서 죽는 방법을 가르쳐 주었기 때문이다. 내가 데버라 디거스에게 화가 나는 이유는 그가 나에게 죽음을 마주하는 여자들에 관한 시를 가르쳐 주었고 나는 그들이 내 어머니들임을 알게 되었기 때문이다. 내가 화가 나는 이유는 데버라를 마지막으로 보았을 때(하고 많은 장소 중 체육관에서, 나는 안내 데스크 직원으로, 그는 회원으로) 그가 나를 '얘야(kiddo)'라고 불렀고 그 말이 어찌나 다정했는지 지금까지 나에게 남아 있기 때문이다. 나는 그 단어로 내 딸을 부른다. 그러나 딸에게 이 패턴을, 이 계보를 가르치고 싶지 않다.

♦

그때 낙태를 한 뒤 한번은 빌이 나에게 이렇게 썼다.
"넌 아기를 낳을 테고 그 아기를 사랑할 테고 아기가 너를 사랑할 테고 아기를 또 가질 테고 그 아기가 너를 사랑할 테고 넌 수많은 장난감과 게임과 사랑을 가지게 될 거야."[168]
지금까지는, 아기가 하나인 지금은, 그가 옳다.

그를 다시 사랑할 수만 있다면, 더 잘 사랑할 수만 있다면.

크리스와 나는 밤에 아이가 울부짖는 소리에 깨곤 한다. 자주. 우리는 아이를 달래러 아이 방으로 달려가지만, 아이는 사실 깨어 있지 않다. 수면 주기 사이 경계에서 야경증이 온 것으로, 무언가 끔찍하게 잘못되었다는 감각을 느낄 만큼은 의식이 있지만 우리가 거기 있다는 사실을 인지하지는 못한다. 그럴 때 아이를 만지면 나는 괴물이 된다. 아이의 울음은 점점 더 커지고 점점 더 날뛴다. 우리가 할 수 있는 일이라곤 보초를 서는 것, 아이를 안전하게 지키는 것뿐.

내가 기도를 한다면 그 기도는 다음과 같을 것이다. **이것이 과거를 비추는 거울도, 미래를 향해 난 창문도 아니게 하소서. 매일 밤이 그저 그 자체가 되게 하소서. 내 아이의 삶이 그것만의 평화에 이르게 하소서.**

뉴욕 생활을 마친 뒤, 매사추세츠주에 있는 대학원에 진학하기 전, 나는 여름 한철을 뉴햄프셔주에서 집을 봐 주며 지냈다. 빌과 나는 편지를 주고받았다. 나는 밤에 하는 웨이터 일에 대해, 내 삼촌의 백혈병에 대해 썼다. 빌은 언제나처럼 대문자 없이 쓴 답장을 보내왔다.

> 요즘 난 친구들을 잃고 또 새 친구들을 사귀고 있어. 너는 어디에 있니? 음악 하는 애들에게 나한테 가사를 맡겨 보라고 설득하고 있어. 내가 잘 쓸 수 있을 것 같거든. 이건 널 화나게 하려는 말이 아니고, 어쩌면 안심시키는 말일지도 몰라. 아마 난 다시는 너에게 연락하지 않을 거야. 헤비메탈 밴드를 하는 여자애에게 빠져 있거든. 이러면 안 되는데. 몬트리올로 이사해야 해. 가서 술집이나 서점을 열고 유기견을 돌보고 조증에 관한 콜라주 시를 써야 하는데. 반은 이미 시작한 거나 마찬가지야. 내 문장은 날카롭지. 뉴햄프셔에 들러야 하는데 시간이 날지 모르겠다. 가능하면. 그런데 카누는 무서운 데가 있어. 노젓기 부분이. 삼촌 일은 안됐다. 잘 지내고 있길 바랄게. 요즘 난 아버지 생각을 많이 해. 기억들. 그중 일부는 완전히 내가 만들어 낸 것일 테지.[169]

빌의 아버지도 젊어서 죽었다. 그 패턴을 빌은 운명이라고 여겼다. 어떤 계보. 어떤 표정. 어떤 가족의 닮은꼴.

나는 나를 만나러 온 어머니와 함께 카페에 가서 어머니를 비롯한 우리 가족의 역사를 시간순으로 정리한다. 각 사건을 작은 파란색 포스트잇에 쓴다. **할머니와 할아버지가 큐로 이사한 일. 엄마 집에 화재가 난 일. 할머니와 할아버지가 해치 엔드로 이사한 일. 엄마가 키부츠로 이사한 일.** 글로 적으면 많은 것을 이해할 수 있다.

♦

나의 잉글랜드인 할머니, 할아버지는 결혼생활이 파탄에 이르기 직전에 새 출발을 결심하고, 딸이 남편, 아이들과 함께 살고 있는 남아프리카공화국으로 이주했다. 그 무렵 화재로 집을 잃은 나의 엄마도 그들과 동행했다. 그때 엄마는 스무 살이었다. 엄마는 배에서 백인 남아공 남자를 만났고 육지에 도착하자마자 그길로 그와 함께 요하네스버그로 가서 살았다. 할머니, 할아버지는 프리토리아에서 이모와 함께 살다가, 할아버지는 일을 구하러 케이프타운으로 갔다. 한 달 후 할아버지는 잉글랜드로 돌아가겠다고, 할머니를 떠나겠다고 가족에게 편지를 썼다.

♦

남편의 이별 통보를 들은 뒤 할머니는 자살에 가까워졌다. 할머니가 그렇게 표현한 것은 아니다. 우리 가족이 그렇게 표현한 것도 아니다. 다만 "그의 곁에 약을 가까이 두어서는 안 되었다". 할머니 마음이 어떤 연유로 바뀌었는지는 몰라도 얼마 후 할머니와 엄마는 잉글랜드로 돌아갔고, 할머니와 할아버지는 재결합했다.

♦

이 모든 일이 1966년에 일어났다. 디미트리 차펜다스가 '아파르트헤이트의 건축가' 헨드릭 페르부르트를 암살한 해이다.[170] 페르부르트는 남아공의 흑인들이 정부가 지정한 '홈랜드'에 거주하도록 강제하는 법과 흑인 학생들이 '백인 대학'에 다니지 못하게 하는 법을 주도적으로 입법했다. 정치가가 되기 전 페르부르트는 심리학자였다. 1926년 그는 「실험을 통한 감정 유발 방법」이라는 논문을 발표했다. 그의 방법은 사실은 눈물이 아니라 **만족감, 실망감, 연민, 후회, 고양감, 기쁨, 두려움, 안도감, 부끄러움, 당혹스러움, 심술궂은 즐거움, 분노(및 낭패감)**를 유발했다.[171] 차펜다스(조현병을 앓았고 여러 인종의 후손이었으며 남아공의 이해할 수 없을 만큼 복잡한 인종 분류법 탓에 여자친구와 동거할 수 없었다)는 페르부르트의 목과 가슴을 찔렀다. 현재 차펜다스는 크루거즈도르프의 이름 없는 무덤에 묻혀 있다. 페르부르트는 프리토리아의 '영웅의 땅'에 묻혀 있다.

그해 크리스마스에 엄마의 쇠약증이 시작되었다. 엄마는 이듬해 1월부터, 1937년 병원 이름에서 '정신'이라는 단어를 뺀 반스테드 병원에서 치료를 받았다.[172] 누가 그곳에 데려다주었는지는 기억나지 않지만 타일과 물감으로 미술 치료를 받았던 것은 기억하고 있다. 환자들이 전기충격요법을 받은 뒤 회복하러 오는 방의 탁자 위에 퍼즐이 놓여 있던 것도 기억한다. 엄마는 말한다. **내가 자주 앉던 의자들이 있었고, 그래서 내가 거기 있다는 사실을 문득 깨달았어.**

엄마는 처음에는 전기충격요법을 받지 않았다. 김이 모락모락 나는 식판을 받아든 엄마는 그날 치료를 받는 환자들이 아침 식사 없이 아침을 시작하는 모습을 뿌듯하게 지켜보았다고 한다. 그러던 어느 날, 엄마 앞에 식판이 놓이지 않았다.

♦

그 후 나는 『벨 자』를 다시 읽으며 플라스의 주인공 에스더가 엄마와 똑같은 경험으로 자신감을 잃어 가는 모습을 발견한다.

> 캐플런에서는 많은 사람이 충격 치료를 받았다. 나는 누가 그 치료를 받는지 알 수 있었다. 그들은 다른 사람과 달리 아침 식판을 받지 못했기 때문이다. 우리가 방에서 아침을 먹는 동안 그들은 충격 치료를 받았고, 조용하고 풀 죽은 모습으로, 어린아이처럼 간호사를 따라 라운지로 돌아와 거기서 아침을 먹었다.[173]

그러던 어느 날, 에스더는 식판을 받지 못한다.

엄마의 기억이 절반은 책으로 이루어진 게 아닐까.

감정을 유발하는 실험에서 페르부르트는 일부 참가자에게 색깔을 식별하는 게임을 하다가 파트너가 실수를 저지르면 그들에게 벌을 주라고 요청했다. 어떤 벌이냐면, 미약하지만 불쾌한 전기충격이었다.[174]

엄마는 병원 구내를 거닐었던 것도 기억한다. 그때 그 담장은 아직도 남아 있는데 병원은 이후 여자 교도소로 바뀌었다. 그 건물은 두 용도 사이를 계속 왔다 갔다 했다. 1940년대에는 정부의 명령으로 전쟁 포로 수용소로 쓰였다.

♦

나는 엄마에게 그 건물을, 그 안의 복도와 방을 기억하느냐고 묻는다. 그러나 너무도 오래전 일이다. 『공간의 시학Poetics of Space』에서 바슐라르는 어린 시절 보았던 건물을 묘사하는 릴케의 말을 인용하고 있다.

> 나는 이 이상한 집을 다시는 보지 못했다. 다시 말해 어린 시절에 본 대로 그 집을 떠올리면 그 집은 건물이 아니고, 내 안에서 샅샅이 분해되고 분배되어 있다. 여기에 방 하나, 저기에 또 하나, 여기에 복도가 일부, 그러나 두 방과 연결되어 있진 않고, 조각조각의 형태로 내 안에 보존되어 있다. 전체가 내 안 여기저기에 산재해 있다. 방들이, 의식을 치르듯 천천히 내려오는 계단들이, 다른 것들이, 나선형으로 달아 둔 좁은 새장들이, 우리가 핏줄 속 피처럼 앞으로 나아가던 그 어둠이.[175]

♦

엄마의 역사 중 어떤 조각들이 내 몸 안에서 살아가고 있을까?
내 피는 어떤 방들을 기억하는가?

감정적인 눈물의 단백질 함량이 비교적 높은 이유는 그로 인해 점성이 강해지고 눈물이 떨어지는 속도가 느려져서 다른 사람이 그 눈물을 보고 그 메시지를 수신할 확률이 높아지기 때문일지도 모른다. 엄마의 눈물은 이제 수분이 많아서 줄줄 흘러내린다. 이 묽음은 나이 때문일까. 눈물이 엄마의 주름을 따라 흐르는 것을 지켜보고 있다. 엄마의 얼굴이 사랑스럽다. 만약 내가 이런 이야기를 내 딸에게 한다면 얼마나 고통스러울지 상상한다. 엄마의 젊었던 날을, 그가 홀로 흘린 눈물을 상상한다.

"미안하다." 엄마는 나를 향해 애써 미소 짓는다. 나는 식탁 위 소금과 후추 너머로 손을 뻗으며 괜찮다고 대답한다.

♦

어렸을 때 나는 내가 사랑한 그 영화의 비공식 속편인 〈오즈로 돌아가다Return to Oz〉를 보고 겁을 먹었다. 캔자스로 돌아온 도로시는 잠을 이루지 못한다. 아무도 도로시의 이야기를 믿지 않는다. 숙모 엠은 소름 끼칠 정도로 차분한 의사에게 도로시를 데려가고, 그는 전기요법으로 아이를 치료하기로 한다. 도로시의 묵종은 동의가 아니다.

"아픈가요?" 도로시가 묻는다.

"아니 아니. 아니 아니 아니. 전류를 손보는 것뿐이에요." 의사가 반쯤은 도로시에게, 반쯤은 숙모에게 대답한다. "뇌라는 것이 원래 전기 기계거든. 그냥 기계일 뿐이야."

이윽고 곧 치료가 시작되려 할 때 의사는 도로시가 누워 있는 바퀴 침대를 내려다본다.

"안녕 도로시. 기분이 어떠니?"

"묶여 있는 게 별로예요."

이 영화를 보고 또 보는 나를 지켜보며 엄마는 어떤 기분이었을까. 전기충격요법이 엄마에게는 돌봄의 행위였고 쇠약증에서 벗어나 본래의 삶으로 돌아가게 해 준 중재 행위였으니까. 이쪽에 전기충격요법이 있었다면 저쪽에는 일과 미술이 있었다. 선원과 결혼하게 되었고, 쉬지 않고 아이 둘을 낳았다. 낯선 나라로 이주했다. 영주권을 받았고 전쟁이 연신 벌어졌다. 밤이면 딸이 자살하고 싶다고 노래를 불렀다. 아니, 이건 아직 일어나지 않은 일이다. 도로시가 침대에서 오들오들 떠는 동안, 번개가 창문을 가득 채우는 동안, 엄마는 나에게 그중 어떤 이야기라도 하고 싶지 않았을까 궁금하다.

공항으로 차를 몰면서 나는 엄마에게 이야기를 들려주어 고맙다고, 우리 둘이 허심탄회하게 이야기할 수 있어 감사하다고 말한다. 나는 이제 엄마의 죽음이 덜 두렵다고 말한다. 엄마는 본인의 엄마를 마지막으로 보았던 날에 대해 이야기한다. 엄마는 할머니에게, 두 사람 사이에 더 풀어야 할 일은 없느냐고 물었다. 내 마음은 아직도 틀어져 있을지도 모르는 그 모든 일로, 엄마가 견뎌야 했던 그 모든 고통으로 가득 차 있지만 엄마의 마음은 다른 방향으로 움직인다. 할머니는 대답했다. "그래, 모든 게 잘되었단다." 난 할머니를 믿는다. 더할 나위 없이 그를 믿는다.

"우리는 어때?" 엄마가 묻는다. "우리 사이에 더 풀어야 할 일은 없어?" 엄마의 목소리가 변하는 것을, 눈물의 침범으로 거칠어지는 것을 느낄 수 있다.

"그럼." 나는 운전대를 잡고 있던 손을 뻗어 엄마의 두 손 위에 포갠다. "모든 게 잘되었어." 나는 진심이다. 더할 나위 없이 진심이다.

오늘 아침, 세상 모든 사람이 BBC에 나온 마티아스의 영상을 공유하고 있다. 거기엔 그가 자전거를 타고 구독자들의 집에 꿈을 배달하는 모습과 어떻게 해서 글쓰기를 삶의 중심으로 삼게 되었는지를 설명하는 모습이 담겨 있다. 행복해 보인다. 그의 노란 바지도 행복해 보인다. 그의 머리통도 헬멧 안에 들어가 안전해 보인다.

저녁 식사를 위해 양파를 썰면서 어떤 팟캐스트에 출연한 교수가 중세에 제작된 기적의 마리아상에 대해 이야기하는 것을 듣는다. 사실 그 상이 흘린 눈물은 머리 안에 감춰진 물통 속에서 물고기들이 돌아다니며 만들어 낸 것이었다. 그 물통엔 거의 넘칠 듯이 물이 차 있어서 물고기 몇 마리가 어쩌다 동시에 힘껏 헤엄치면 물이 튀어 마리아의 두 눈에 뚫어 놓은 구멍으로 넘쳐흘렀다.[176] 혹은 이 이야기 자체가 날조일 것이다. 나는 이 조각상의 존재를 언급하는 다른 자료를 전혀 찾아내지 못했다. 어떤 학자는 이 이야기가 종교개혁 시대의 반가톨릭 프로파간다였을 것으로 짐작한다.[177] 뭐든 상관없다. 난 그 물고기들을 사랑하게 되었다. 물고기가 살아갈 수 있는 그 모든 삶 중에 이 물고기들이 살았던 삶을 상상해 보라.

이 조각상을 생각하면 내 아이가 갓난아기였을 때 마티아스가 써 준 꿈속으로 들어가는 기분이 든다. 아기가 거울 속에 있는 어떤 다른 아기를 들여다보는 꿈이었다. 난 이렇게 기억하고 있다. **거울 속 아기의 입엔 어항이 들어 있고 물고기 몇 마리가 원을 그리며 헤엄치고 있지. 그걸 보고 넌 웃음을 터뜨려. 네가 크면 네 안에 물고기가 가득할 테고 물고기들이 널 행복하고 강하게 만들어 주리란 사실을 아는 거야.** 내가 그렇게 크고 싶다. 내 안에 그 멋진 물고기들이 가득해서 울고 웃고 이상했으면 좋겠다.

재크와 나는 올버니 공항의 렌트카 창구 앞에서 만난다.
우리는 베닝턴칼리지에 낭독을 하러 가는 길이지만
그 전에 빌이 묻혀 있고 사후에 명예훼손을 당한 새라 위드도
묻혀 있는 묘지로 차를 몬다. 영화처럼 비가 오고 있다.
내가 우산을 두 개 가져왔다. 재크가 파란색을 집어 든다.
내 것은 검은색과 흰색이 섞여 있다. 우리는 지도를 보고
위드가 묻혀 있는 구역으로 간다. 나는 거기 높은 기둥 위에
우는 여자의 조각상이 있다는 걸 사진을 통해 알고 있다.
비에 젖은 늦겨울 풀밭을 밟는 우리의 걸음이 시끄럽다.
내가 말한다. "봐. 저 여자야." 너무도 작다. 난 재크에게
이렇게 말한다. "너무도 작네."

♦

차로 돌아와 빌이 있는 곳으로 향한다. 묘지가 엄청나게 크다. 그 자체가 하나의 도시이다. 저택처럼 거대한 영묘들, 판잣집처럼 작은 무덤들. 우리는 차로 갈 수 있는 데까지 간 다음, 관리인이 건네준 지도에 파란 형광펜으로 표시된 길을 따라 긴 언덕을 걸어 올라간다. 미술가 프랑시스 알리스가 떠오른다. 그는 1995년에 상파울루의 한 미술관에서 물감통을 들고 출발하여, 파란 물감을 흘리는 방식으로 선을 그으며 도시를 돌아다니다가 마지막엔 출발점으로 돌아왔다.[178]

재크가 여기 있어서 다행이다. 나는 피를 쏟았던 그 밤,
빌이 나를 안아 주었던 일을 이야기한다. 점점 멀어졌던
우리 사이에 대해, 일이 잘 풀릴 때도 조롱하고 의심하던
빌의 모습에 대해. 나는 말하면서 그 말의 의미를 깨닫는다.
"빌은 내가 고통을 겪을 때 나를 믿는 걸 더 쉬워 했어."
내 머릿속 또 다른 방은 에밀리 디킨슨을 암송한다.
"난 고통의 표정을 좋아하지 / 그건 진실되다는 걸 알기에."[179]
문득 디킨슨에게 화가 난다. 빌에게도. 나 자신에게도.
더할 나위 없이. 더할 나위 없이.

♦

그를 찾기가 쉽지 않다. 지도는 젖을 대로 젖었다.
그러다 저기 그를 찾았다. 조각이 들어간 직사각형의
땅바닥 집. 옆에는 빌의 아버지가 묻혀 있다. 무릎을 꿇자,
무릎이 축축해진다. 소리 내어 말할 수 있는 게 아무것도
없다. 머릿속으로 미안하다고 말한다. 머릿속으로 「계단」을
암송한다. 재크는 내 바로 뒤에 서 있는 것 같은데 우산 때문에
시야가 막혀 주변이 보이지 않는다. 나는 또 티슈 가져오는 걸
잊은 바람에 소매로 코를 닦는다.

연구자들은 우는 행위가 일어났는가 아닌가를 판단할 때 기준으로 삼는 목록을 가지고 있다. **눈 주변을 만진다, 얼굴을 숨긴다, 입매를 단속한다, 위를 올려다본다 등**. 심리학자 한스 즈노이는 배우자와 사별한 피험자들에게 그 사람이 이 방에 있다고 생각하고 이야기를 건네 보라고 주문한 뒤 그들이 눈물을 흘릴 때 일어나는 모든 일을 관찰하여 이 목록을 만들어 냈다. 울음 전문가 애드 핀헤르후츠는 "**위를 올려다보는 것**은 노력을 요하는 동작이며 매우 짧게 나타날 때가 많다"면서 이를 "눈물과 '싸우고' 있다는 신호로 볼 수도 있지만, 다르게 보면 죽은 사람에게 말을 걸라는 지시를 받은 피험자가 망자가 자기보다 더 높은 곳에 있다고 상상했기 때문일 수도 있다"고 설명한다.[180]

빌은 위에 있지 않다. 위에는 우산이, 검은색과 흰색이 있고, 빌은 내 젖은 무릎 아래에 있다.

언덕을 돌아 내려오면서 우리는 자살에 대해, 누군가를 자살로 잃는 일에 대해, 또는 그렇게 누군가를 잃을 것 같은 두려움에 대해 이야기한다. 말하다 보니, 실은 나도 자살을 가까이 느낀 적이 있다는 말까지 하게 되지만, 그가 겁을 먹지 말았으면 해서 지금은 괜찮다고 덧붙인다. 지금 생각해도 그 말은 진실이다.

♦

빌은 내가 괜찮을 거라고 생각했다. 빌은 자기가 죽을 거라고도 생각했다. 서른 살이 되기 전에 그럴 거라고. 그의 예언은 맞아떨어졌지만 그렇다고 그것이 옳은 일이 되진 않는다. 꼭 그렇게 될 필요는 없었다고, 그렇게 될 필요는 없다고, 나는 생각한다. 나는 지금도 그와 다투려고 한다. 평행선을 무너뜨리려고 한다.

다시 차에 타서 내 휴대폰을 충전기에 연결하자 어떻게 된 건지 카스테레오가 휴대폰에 담긴 노래를 (랜덤으로) 한 곡 뽑는다. 조이 디비전의 〈사랑이 우리를 갈라놓을 거야 Love Will Tear Us Apart〉이다. 리드싱어 이안 커티스의 무덤에 이 노래 제목이 새겨져 있다. 그는 스물세 살에 자살했다.

♦

다음 노래는 (이번에도 랜덤으로) 더 스미스의 〈묘지의 문들〉이다. 이게 어떻게 된 일일까. 책 속에 살고 있는 것 같다. 얼마 후 재크가 본인 휴대폰을 충전기에 꽂자 자동차는 세인트토머스(“자살이 아니라 부적당하게 조합된 처방약” 때문에 죽은 노르웨이 가수)의 노래를 튼다.[181] 우리는 이놈의 책이 점점 불친절해지고 있다고 생각한다. 카스테레오를 끈다.

책이라고 했지만 사실은 시를 가리킨다. 풍경이 문득 층층을 드러내는 광경을, 수직의 빛이 어느 순간과 다음 순간을 들보처럼 연결하며 빛나는 모습을 뜻한다. 늘 거기 존재하는 차원으로 들어가는(알게 되는) 문. 그러나 늘 보이는 것은 아니다. 내가 언제까지고 시를 쏟아 내며 살아갈 수 있다면 시는 내가 굴복하지 않게 지켜 줄 것이다.

다음 날 재크와 나는 우리 둘 다 경애하는 책을 쓴 메리 루에플이 낭독회에 참석하리라는 사실을 알고 초조해졌다. 그러나 루에플은 너무도 친절하다. 저녁 식사 자리에도 오고 함께 밖에 나가 담배도 피운다. 그는 우리에게 달을 가리켜 보인다. 평소와 다른, 진회색 원 아래쪽만 요람 모양으로 빛나는 달. "늙은 달의 품에 안긴 새 달"이라고 루에플은 말한다. 그 다정함이 나를 관통한다.

♦

앨런 셰퍼드가 달에서 운 것은 지구를 돌아보았을 때였다.

집. 떠나온 곳.

저녁 식사 후, 눈물을 보존하는 방법 하나는 검은색 판지에
눈물을 흘리는 것이라고, 소금 결정이 하얀 얼룩으로 굳는다고
메리가 알려 준다. 밤하늘의 별들처럼.

눈물을 모으는 병인 '눈물단지'의 역사는 상상된 역사이다. 눈물병에 대고 울었다는 사람들 이야기는 실제 행위의 기록이라기보단 이야기에 가깝다. **로마인들이 눈물단지를 썼다,** 고 빅토리아 시대 사람들은 주장한다. **빅토리아인들이 눈물단지를 썼다,** 고 엣시Etsy*의 판매자들은 주장한다.[182] 하지만 눈물단지는 실제로 쓰기가 어려워 보인다. 우리가 흘리는 눈물의 양은 그만큼 많지 않고, 눈물이 증발하는 속도는 훨씬 빠르다.

* 미국의 전자상거래 사이트로, 수공예품이나 빈티지 제품들을 주로 판매한다.

♦

시에서, 꿈에서, 우리는 필요한 만큼 많은 눈물을 흘리고,
대러 와이어처럼 강을 따라가다가 그 수원을, 자동차극장에
있는 황소를 발견한다.

뭔진 몰라도
저 극장 스크린에 있는 것이

어느 정도냐면
이 황소를 울게 한다.

그는 양동이를 채우고 채우듯 울고 있다.
울음을 멈출 수가 없다.

황소처럼 널찍한 그의 볼에
눈물이 줄줄 흘러내린다

그의 울음이 강을 가득 채우고 있다.[183]

지구 위의 모든 인간이 하루 내내 울어도 세계에서 가장 짧은 강조차 채울 수 없다는 것을 어느 대학의 학생들이 계산으로 밝혀냈다. 하지만 한 사람도 빼놓지 않고 55방울의 눈물을 흘린다면 우리는 올림픽 규격의 수영장 하나는 채울 수 있다.[184]

과학자의 상상력과 호기심이 늘 친절한 편은 아니다. 내가 도저히 머릿속에서 떨쳐 낼 수 없는 이미지 하나는 1876년 빌헬름 퀴네가 만들어 낸, 하얀 기하학 도형이 몇 개 들어 있는 흐릿한 검은 원이다.

> 알비노 토끼의 머리통을 창살 달린 창문 쪽으로 향하게 하고 토끼를 묶었다. 이 자세에서 토끼는 구름 낀 잿빛 하늘밖에 볼 수 없다. 머리통을 몇 분간 천으로 덮어 눈이 어둠에 익숙해지게 하면 간상체에 로돕신이 축적된다.
> 그런 다음 토끼를 3분간 빛에 노출했다. 그 즉시 목을 자르고 눈을 적출하여 이등분하고, 망막이 들어 있는 뒤쪽 반구를 칼륨백반 용액에 담가 고정했다. 이튿날 퀴네는 로돕신을 변형 없이 표백한 망막에 창문 및 창살의 분명한 패턴이 인화된 것을 확인했다.[185]

퀴네의 연구가 발표된 후, 방금 죽은 사람의 망막에는 그들이 죽기 전에 마지막으로 본 이미지가 반드시 들어 있으리라는 생각이 대중의 상상력을 사로잡았다. 경찰은 살인자의 신원을 발견할 수 있을지 모른다는 생각에 피살자의 망막을 촬영했다. 퀴네는 이런 종류의 법의학 연구에 대해 회의적인 입장을 밝혔지만 자식을 살해한 죄로 처형당한 남자의 망막을 조사하는 기괴한 작업에 참여하기도 했다. 그 결과는 만족스럽지 않았다.[186]

♦

혹시 내가 죽은 뒤 누군가 내 망막을 조사한다면 거기에 내 손의 이미지가 나타날까 봐 두렵다. "봐– 여기 있어– / 당신에게 내밀고 있어."[187]

내가 기도를 한다면 그 기도는 다음과 같을 것이다. **내 두 손이 다른 일을 찾아내게 하소서. 내 손이 내 남편의 손을, 내 아이의 손을 찾아내게 하소서. 펜을, 정원을, 전화기를.**

가브리엘은 '정의를 체화하는 신체 워크숍'을 운영하고 있다. 그래서 나는 지금 스무 명의 타인과 함께, 두 팔을 올린 채 체육관을 천천히 거닐고 있다. 우리는 한 사람 한 사람이 정의를 운반하는 중이라고 상상한다. 마을 전체에 전기가 끊겼고, 그래서 체육관은 (평소라면 냉각기의 소음과 형광등의 지직거리는 소리로 가득 찼을 텐데) 조용하고 어둑하다. 움직임의 정적 안에서 눈물이 솟아 부끄러워진다. 나는 눈물이 뭔가 멍청하거나 해로운 짓을 하지 않을 체육관 가장자리까지 정의를 운반하려고 애쓴다. 가브리엘은 우리에게 둘씩 짝을 짓고 침묵 속에 상대를 응시하라고 지시한다. 나는 이 사람을 모르고, 눈물이 더 날까 봐 두렵다. 가브리엘은 웃음이 나오면 웃으라고 하지만 눈물에 대해서는 알려 주지 않는다. 그 후 우리는 짝의 보호와 인도를 받으며 눈을 감은 채 정의를 운반한다. 한 여자가 갑자기 문 밖으로 정의를 데리고 나간다. 그게 우리를 즐겁고 신나게 만든다. 우리가 얼마나 쉽게 이 체육관의 벽을 세상의 끝이라고 받아들였는지. 저 사람은 그냥 그 너머로 넘어갔다.

그 사람을 어떤 환상적인 인물로 묘사하려는 게 아니다.
체육관 지붕 너머로 떠오른 것도 아니니까. 그는 그저 걸었다.
밖으로, 빛이 있는 곳으로.

가브리엘은 **눈물**(les pleurs)에서 **꽃**(fleurs)의 부드러움을, 리듬을 보고 듣는다. **울음**(les larmes)에서 전쟁을, **무기**(arms)의 단단함을 본다. 미기와가 말하길, 일본어에서는 매우 적은 양을 '참새 눈물'이라고 한다.[188] 또 한 친구가 말하길, 에스파냐어의 **'란토 레테니도**(llanto retenido)'는 눈물을 참고 참다가 누군가 위로의 손길을 건넬 때 '화산처럼'
터져 버리는 것을 뜻한다.[189]

그러나 화산 폭발은 지나치게 강렬한 이미지인지도 모르겠다. 사실 눈물은 병을 다 채우고, 마지막엔 입구의 가장자리 너머로 떠오르며 표면장력이 작용하는 볼록한 곡선을 이룬다. 불가능할 정도로 가득 찬 동시에 분자의 인력으로 인해 서로 뭉쳐 있다. 그러다 누군가 당신을 만진다. 세상에서 가장 부드러운 손길로. 얼굴에 붙은 머리카락 한 올을 살살 떼어 준다. 혹은 감동적인 말까지 내뱉는다. 볼록 곡선이 터지고 부서진다. 액체가 양 옆으로 흘러내린다.

도서관의 동화 구연 시간에 나는 분노에 사로잡힌다. 사서가 아이들에게 이런 노래를 가르쳤기 때문이다.

> 언제나 햇빛이 있기를
>
> 언제나 푸른 하늘이 있기를
>
> 언제나 엄마가 있기를
>
> 언제나 내가 있기를[190]

일단 이 노래는 그런 바람들이 불가능하다는 사실을 대놓고, 고통스럽게 부정함으로써 날 울게 한다. 이 노래가 나에게 고통이라는 것은, 목이 잠기고 목소리가 갈라지는 것에서 분명히 알 수 있다. **노래와 울기를 같이 할 순 없잖아요. 아무렴 안 되죠.** 급기야 사서는 아이들에게 노래에 덧붙이고 싶은 것을 말해 보라고, 네가 가장 사랑하는 것, 가장 영원히 존재했으면 하는 것을 떠올려 보라고 한다. 아이들이 내놓는 말이 본인이 편협하게 이해하는 '어린이다운' 상상력에 부합하면 웃으면서 노래에 집어넣는다. "언제나 아이스크림이 있기를 / 언제나 할머니가 있기를." 아이들이 내놓는 말이 그 짜증 나는 범위를 벗어나면(가령 당근이나 프로도*) 당혹스러운 표정을 과장하며 말한다. "그런 얘긴 처음 들어 보는걸."

* 〈반지의 제왕〉의 등장인물인 프로도 배긴스(Frodo Baggins)를 말한다.

그러면서 그 말로 노래를 부르며 "이거면 됐니?" 하는 표정을 짓는다. 마치 저 사람의 내리누르는 힘 아래에서 기묘한 광채가, 무한한 것들의 불꽃이, 희미함으로 변하는 것을 내 눈으로 목도하고 있는 것만 같다. 너무도 화가 난다.

사람이 너무 많이, 너무 심하게 울면 그 자체가 트라우마가 될 수 있고 실제로 목에 변형을 일으킬 수 있다. 2000년 《음성 저널》에 실린 한 논문에는 가수가 직업인 세 사람이 심하게 운 뒤에 목이 쉬게 된 경험이 자세하게 실려 있다. 서른네 살의 메조소프라노는 향수병에 걸려 울었다. 스물여섯 살의 음악 교사는 "남자친구와 통화하는 동안 길게 우는" 일이 있었다. 스물일곱 살의 소프라노는 가족을 떠나, 직장을 바꾸어 낯선 도시에 가야 하는 일로 울었다. 이것이 동화였다면 그들은 눈물을 줄이는 방법을 깨닫거나 집으로 돌아갔을 것이다. 그리고 상으로 보석을 받거나 결혼했을 것이다. 그러나 이것은 과학 분야의 사례를 연구한 모음이다. 세 사람 모두 '성대 점막하 출혈'을 진단받았고, 울음으로 인한 상처를 현미경 외과 수술로 치료하고 나서야 온전히 회복할 수 있었다.[91]

♦

우리는 차를 몰아 나의 부모님이 사는 뉴햄프셔주에 왔다. 1812년 처음 지어졌을 때의 모습 거의 그대로인 작은 방들을 어머니, 아버지, 언니와 꼬맹이 조카 크리스와 우리 아이, 내가 채운다. 그러나 집에 가득한 것은 사람만이 아니다. 우리의 기분도 가득하다. 딱히 어떤 기분이라고 이름 붙일 순 없지만, 높은 주파수에서 파릿파릿 공명하고 있는 것이 마치 사람처럼 육체를 가지고 존재하는 느낌이다.

♦

오늘 나는 또 하나의 눈물의 방에 들어간다. 소파에 누워 애써 평정심을 찾으려고 한다. 오른쪽으로 고개를 돌리니 열네 살 때 내가 머리로 깼던 창문이 거기 있다. 어느 유리창을 깼더라? 보이지 않는 저 유리로군. 원래 이 집의 모든 창문에 끼워져 있는 일그러진 예쁜 물결무늬가 보이지 않는 저 유리. 그 너머가 고스란히 잘 보인다.

나는 맥줏집에 간다. 추천사를 하나 써야 하는데 내 경우에는 공공장소에서 잘 써지기 때문이다. 케이트 콜비가 멋진 책을 써냈다. 책의 맨 앞에 케이트 그린스트리트의 문장이 인용되어 있다. 사실 어떤 책에 넣어도 어울릴, 아니 모든 사람에게, 혹은 모든 세계에 잘 어울릴 문장이다. "어떤 것들이 하나가 되는 이유는 함께 존재하기 때문이다." 스피커에서 데이비드 보위의 목소리가 흘러나오고, 저기 베이지색 바지에 베이지색 선캡을 쓴 낯설고 멋진 사람이 있고, 이 모든 것이 이토록 아름답게 하나가 된다. 나는 운다.

♦

가브리엘과 점심을 먹으면서 이런 감정을, 떠오르는 생각을 글로 적지 않고 그저 생각 사이에 존재할 때 느끼는 기쁨을 설명할 말을 찾는다. 가령 친구와 함께 점심을 먹으러 가는 차 안에서 느껴지는 감정. 그런 순간에 나에겐 생각이 흩뿌려져 있다. 마치 달리는 빛을 받으며 내 옆을 쭉 따라오는 흙먼지처럼, 의식이 내 몸에서 시작되어 몸 너머로 뻗어 나가는 것을 감각한다.

하지만 생각에 언어를 입힐 때의 즐거움 또한 있다. 나는 그런 작업을 좋아한다. 사람들은 그런 걸 좋아한다. 추락이라는 개념에 언어를 입힌 작가 앤 카슨은 이렇게 말한다.

> 나는 생각과 생각을 연결하는 것을 특히 좋아한다. 가장 멋진 이음매는 무엇보다 그 허술함으로 눈길을 끄는 이음매이다. 처음엔 "시시한 강의네. 아이디어가 아무 데나 흩어져 있잖아." 하는 생각이 들지만 나중엔 이렇게 깨닫는다. "이 얼마나 아슬아슬한 활동인가. 인간 죄악의 모든 실타래를 하나로 엮음으로써 우리가 감각이라고 부르는 것, 우리가 이성이라고, 논증이라고, 대화라고 부르는 것을 드러내다니. 생각과 생각을 연결하는 관계의 거미줄은 얼마나 가볍고 얼마나 느슨하며 얼마나 되는 대로이며 또 얼마나 즉흥적인가."[192]

나는 이 책을 쓰는 도중에 죽을지도 모른다고 생각했다. 이 모든 이음매가 다 틀린 것인지도 모른다고 생각했다. 하지만 도중에 멈추는 법을 몰랐다. 울어도 방법을 알 수 없었다. 이 거미줄은 영원히 커질지도 모른다. 이것을 어떻게 멈출 수 있을까?

♦

어느 날 해리엇이(아이는 내가 이 책을 쓰는 동안 이름으로 불릴 만큼 자랐다) 책상 위에서 내가 손으로 쓴 시시한 시의 초고와 형광펜을 발견한다.

"이게 뭐야, 엄마?"

"형광펜이야."

"뭐에 쓰는 건데?"

"좋아하는 단어에 색을 칠할 때 쓰지."

알파벳이 뭔지는 알아도 혼자서 단어를 해독하지는 못하는 해리엇이 형광펜을 손에 들고 눈을 끄는 단어들을 열심히 고른다. 이윽고 아이가 자리를 벗어났을 때 시를 집어든다. 해리엇이 교정을 본 시는 처음과 비교할 수 없이 좋아졌다.

슬펐던 기억이
나지 않고
문득
노래가 되지 않을 때

작은 칼

그것

내가

오래도록

그곳에 산다

이상한 나라에 간 앨리스는 자기가 흘린 눈물에 빠져 죽을 뻔하자, 근처에서 헤엄치던 쥐에게 도움을 청한다.

“오 생쥐야, 이 웅덩이에서 나가는 길을 알고 있니?
나는 여기서 헤엄쳐 다니는 게 지겨워졌어, 생쥐야!”[193]

이번 주에는 매일 울었고 때론 몇 시간씩 울었다.
나는 눈물의 강도를 설명하는 내 목소리를 듣고, '미친 사람처럼' 이유 없이 주방에 주저앉아 흐느끼는 내 목소리를 듣는다. '처럼'이라고? 지금 나는 미친 사람, 이다.
내가 그 사람이다. $x=x$로까지 단순화할 수 있는 방정식을 우리는 항등식이라고 부른다.

하지만 다르게 표현하는 방법도 있다. 항등식은 x 자리에 어떤 실수를 넣든 언제나 참인 방정식이기도 하다. "장미는 장미인 장미가 장미이다."[194]

스타인이 저렇게 표현하자 항등식은 굴절하면서 새로운 빛을 던진다. 그렇다, 나는 그것을 원한다. 내가 사랑하는 시인 알렉산더르 브베덴스키 또한 그것을 원했고 사물 간의 "알려지지 않은 진짜 관계"를 발견하고자 했다. 어떻게?

> 나는 예컨대 건물이라는 개념 아래 집, 별채, 탑이 하나가 될 수 있는지 의심스럽다. 어깨는 숫자 4와 관계있는 것이 틀림없다. 나는 실제로, 내 시에서, 일종의 증명으로서 개념들에 반기를 들었다. 또한 나는 오래된 관계들이 틀렸음을 확인했지만, 새로운 관계들이 어떤 것인지는 모른다. 그것들이 하나의, 혹은 여러 개의 시스템을 형성하는지 어쩐지조차 알지 못한다.[195]

나도 모른다. 내가 아는 것은 당분간은 그만 울어야만
가능성들을 다시 상상하는 능력이 돌아오리라는 것이다.

♦

근처의 대학에서 글쓰기 기술에 관해 강연할 일이 있어 울기를 잠시 멈춘다. 나는 불가능에 대한 이야기, 예술(특히 시)이 우리의 상상력 너머로 진출하는 바로 그 순간 우리 상상력이 그 경계를 드러내는 일에 대해 이야기한다. 아주 짧은 순간이다. 나는 체육관에서 걸어 나가는 사람에 대해 이야기한다. 우리는 〈식은 죽 먹기Duck Soup〉*의 한 장면을 보고, 하포 막스의 개집 문신에서 진짜 개가 나타나는 장면을 보고 그 말도 안 되는 개 짖는 소리에 웃는다. 우리는 다네스 스미스가, 유쾌하게 다시 상상한 섹스 체위를 통해 물리적 세계의 가능성들을 재조립하는 과정을 보며 감탄한다. "리버스-리버스-카우걸 그러니까 저 말을 / 여자에게서 떼어 내! 우리는 말을 죽인다. / 우리는 그 유령을 타고 황혼으로 들어간다."[196]

아람 사로얀의 한 단어짜리 시 'lighght'[197]을 소리 내어 읽어 줄 사람이 있느냐고 묻자 한 시인이 나선다. 그가 방의 한구석으로 걸어가서 스위치로 불을 빠르게 켰다 끈다.[198]

우리 모두 깜빡인다. 그 한순간, 우리는 그 시 안으로 들어갔다.

* 1933년 개봉작으로, 할리우드 슬랩스틱 코미디를 대표하는 막스 형제가 출연한 뮤지컬 영화이다.

감사의 말

이렇게 오랜 시간을 거쳐 책 한 권이 세상에 나올 때까지 저자는 사람들에게 아주 큰 빚을 지게 된다. 나에게 부족한 많은 것을 사람들은 놀랄 만큼 흔쾌히, 너그럽게 채워 주었고 또 많은 것을 선사해 주었다. 다음의 모든 분께 감사의 말을 전한다.

글쓰기, 예술 등의 창작으로 나를 위로하고 자극하고 지도해 준, 이름으로 이 책에 등장한 이들.

집을 떠나 작업할 때 머물 곳과 먹을 것을 제공한 사람들, 몰리 브로닥, 블레이크 버틀러, 대러 와이어.

초고를 읽고 의견을 제시하고 나에게 설명을 요구하고 작업을 계속하도록 기운을 불어넣어 준 이들, 카베 아크바, 누아르 알사디르, 미셸 크리스털, 가브리엘 시빌, 매들린 피치, 레이철 B. 글레이저, 페이지 루이스, 리사 올스타인, 에밀리 페티트.

이 책의 특정 대목이나 관련 저작에 관해 편지와 대화로 교류한 이들이 내게 내어준 시간과 관심, 전문성과 배려에 감사한다. 에릭 아더르, 킴 앨브레크트, 벤저민 비어낫, 로저 비브, 조앤 블랙번, 미샤 보팅, 도로시 부케트, 질리언 브라운, 보그다나 카펜터, 메건 캐시디, 낸시 세르베티, 첸이페이,

줄리아 코헨, 메건 쿡, 존 크로포드 주니어, 샤론 더스타인, 맷 엘리스, 찰스 페어뱅크스, 제시카 피엘드, 윌리엄 H. 프레이, 로스 게이, 스티브 헨, 일리아 카민스키, 대니엘 리트워크, 미기와 오리모, 유진 오스타셰브스키, 보마니 모옌다, 엘리 르노, 캐런 로멜팽거, 새미 세이버, 재커리 숌버그, 마이클과 주디 슈어러, 크리스티나 샤프, 제시카 스미스, 조던 스템플먼, 마티아스 스발리나, 모리엘 로스먼제커, 지네트 반 더 브레겐, 엘리너 빌포스, 루이스 월러스, 질리언 와이즈, 벳시 월러. 특히 작품 수록 요청과 관련하여 번역을 도와준 내털리 라이얼린에게 감사한다.

생각과 말과 이미지를 살펴볼 수 있게 도와준 도서관과 기록 보존소 직원들. 필라델피아 의사협회 역사도서관의 베스 랜더, 에모리대학 스튜어트 A. 로즈 도서관의 크리스틴 앨커시바, 론다 윈터, 캐시 슈메이커, 클라크대학 기록 보관소 및 특별 컬렉션의 포다이스 윌리엄스, 스미스 칼리지 영 도서관의 캐런 쿠킬, 인디애나대학 릴리 도서관의 새라 맥엘로이 미첼, 페니 레이먼, BBC 방송국의 데클런 스미스, 다트머스 칼리지 로너 특별 컬렉션 도서관의 모건 스완, 뮌헨 시립박물관의 엘리자베스 스튀르머.

연구 관련 출장 등 여러 활동에 재정을 지원해 준 이들. 필라델피아 의사협회의 프랜시스 클라크 우드 의학사학회, 에모리대학 로즈 도서관 단기 펠로십 과정, 오하이오 예술위원회.

이 책이 세상에 나오도록 힘써 준 이들. 캐터펄트 출판사의 편집자 리 뉴먼은 책의 요소들을 새로운 패턴으로 엮어 낼 수 있게 도와주었다. 코세어 출판사의 편집자 새라 캐슬턴, 핸서 출판사의 편집자 애니카 도멘코, 그리고 맨 처음 대화를 나누었을 때부터 이 책의 완벽한 독자였고 핵심 협업자로서 책을 발전시켰으며 믿음직한 항해사로서 책의 출간까지 항해를 함께한 나의 에이전트 메러디스 카펠시모노프.

내가 글을 쓰는 동안 내 아이를 다정한 손길과 숙련된 솜씨로 돌보아 준 이들. 버트 스트루윙, 카산드라 파워스, 스테파니 설리번 매클린, 멜라니와 에드워드 리카트.

사랑과 배려로 내 삶과 일을 뒷받침해 준 가족. 동생과 어머니, 아버지.

함께해 온 삶의 모든 순간에 내 모든 면을 사랑하고 지지해 준 남편 크리스토퍼 드위시.

너의 소중한 삶과 이야기가 너만의 것이길 바라는,
우리의 사랑하는 아이.

주

1. Ovid, "The Art of Love," 『The Art of Love』, trans. Rolfe Humphries (Bloomington: Indiana University Press, 1957), 162.
2. Lauren M. Bylsma, Ad J. J. M. Vingerhoets, and Jonathan Rottenberg, "When Is Crying Cathartic? An International Study," 《Journal of Social & Clinical Psychology》 vol. 27, no. 10 (December 2008), 1179, Psychology and Behavioral Sciences Collection, EBSCO-host, accessed September 26, 2017.
3. Michael Trimble, 『Why Humans Like to Cry: Tragedy, Evolution, and the Brain』 (Oxford: Oxford University Press, 2012), 44.
4. 같은 책, 37.
5. 이 책의 초기 단계에서 나는 "조각 때문에 우는 사람은 거의 없다."라고 썼으나 벳시 윌러가 자신을 울린 드가의 조각 〈작은 무용수〉의 사진을 나에게 보여 주었다. 그래서 나는 저 문장을 "건축물 때문에 우는 사람은 거의 없다"로 바꾸었으나 누아르 알사디르가 누구든 들어선 지 45초 안에 울리도록 설계된 수피교 건물에 관한 글을 읽은 적 있다고 알려 주었다. 그 후 나는 '그런 사람은 거의 없다'는 표현이 사실은 내가 동의하지 않는 일들과 관련되어 있음을 깨달았다.
6. W. Derham, "A Short Dissertation Concerning the Child's Crying in the Womb. By the Reverend Mr. W. Derham, F. R. S.," 《Philosophical Transactions》 vol. 26 (January 1708), 488, doi:10.1098/rstl.1708.0076.
7. W. Derham, "Part of a Letter from the Reverend Mr. W. Derham, F. R. S., to Dr. Hans Sloane, R.S. Sec., Giving an Account of a Child's Crying in the Womb," 《Philosophical Transactions》 vol. 26 (January 1708), 488, doi:10.1098/rstl.1708.0076.
8. "Elyse (Scott) Green Oral History," Kent State University Libraries, Special Collections and Archives, accessed September 26, 2017.
9. Alice Morby, "Eindhoven Graduate Designs a Gun for Firing Her Tears," 《Dezeen》 Magazine (November 2, 2016), https:/www.dezeen.com/2016/11/02/tear-gun-yi-fei-chen-design-academy-eindhoven-dutch-design-week-2016/?fbclid=IwAR2elxjKP_H6XbNKOmOtMQ8Qnd9TyZSqmzVWAYF9e0b4FRu4X36PdOOSzIo. 첸이페이의 작업에 관한 더 많은 정보는 neural.it/2017/07/tear-gun-fragility-loaded-weapon 참조.
10. Ad Vingerhoets, 『Why Only Humans Weep: Unraveling the Mysteries of Tears』 (Oxford: Oxford University Press, 2013), 147.
11. Joe Wenderoth, "January 1, 1997 (New Year's Day)," 『Letters to Wendy's』

(Amherst, Mass.: Verse Press, 2000), 142.

12. Chelsey Minnis, "'A woman is cry-hustling a man & it is very fun,'" 『Poemland』 (Seattle/New York: Wave Books, 2009), 85.
13. Ross Gay, "Weeping," 『Catalog of Unabashed Gratitude』 (Pittsburgh: University of Pittsburgh Press, 2015), 42.
14. "The Sinking of the USS Indianapolis," 〈Witness〉, BBC Radio; WYSO, Yellow Springs, Ohio, July 28, 2013.
15. James Matthew Barrie, 『Peter Pan: A Fantasy in Five Acts』 (New York: Samuel French, 1956), 21.
16. Fanny D. Bergen, "Borrowing Trouble," 《The Journal of American Folklore》 vol. 11, no. 40 (1898), 55, doi:10.2307/533610.
17. Tony Tost, "Swans of Local Waters," 『Invisible Bride』 (Baton Rouge: Louisiana State University Press, 2004), 33.
18. Amy Lawless, "Elephants in Mourning," 『My Dead』 (Portland, Denver, and Omaha: Octopus Books, 2013).
19. "World: South Asia Elephant Dies of Grief," BBC News, last modified May 6, 1999, news.bbc.co.uk/2/hi/south_asia/337356.stm.
20. Isabel Gay A. Bradshaw, "Not by Bread Alone: Symbolic Loss, Trauma, and Recovery in Elephant Communities," 《Society & Animals》 vol. 12, no. 2 (June 2004), 147, doi:10.1163/1568530041446535.
21. Roualeyn Gordon-Cumming, 『A Hunter's Life Among Lions, Elephants, and Other Wild Animals of South Africa』 (New York: Derby & Jackson, 1857), 15-16, Biodiversity Heritage Library, EBSCO-host, accessed September 27, 2017.
22. Matt Walker, 『Fish That Fake Orgasms』 (New York: St. Martin's Press, 2007), 39-40.
23. bell hooks, 『The Will to Change: Men, Masculinity, and Love』 (New York: Atria Books, 2004), 135-36.
24. Anne Carson, 『If Not, Winter: Fragments of Sappho』 (New York: Vintage Books, 2002), 287.
25. Tom Lutz, 『Crying』 (New York: Norton, 1999), 157-68.
26. 같은 책, 109.
27. James Elkins, 『Pictures & Tears』 (New York: Routledge, 2001), v.
28. Lutz, 『Crying』, 264.
29. 같은 책.
30. 같은 책, 264-65.
31. Shirley Temple Black, 『Child Star』 (New York: McGraw Hill, 1988), 49-50.

32. Harriet Baskas, "Virgin Atlantic Airways Offers 'Weep Warnings' on In-flight Movie," NBCNews.com, August 22, 2011.
33. Mary Ruefle, "On Erasure," 『Quarter After Eight』, vol. 16.
34. Jack Spicer, "After Lorca," 『My Vocabulary Did This to Me』, ed. Peter Gizzi and Kevin Killian (Middletown, Conn.: Wesleyan University Press, 2010), 133.
35. Robert Desnos, "I Have Dreamed of You So Much," 『The Random House Book of Twentieth-Century French Poetry』, ed. and trans. Paul Auster (New York: Random House, 1982), 281.
36. 같은 책.
37. June Gruber, "Human Emotion 2.1: Emotion Elicitation 1," 〈Human Emotion: Yale University Psych 131〉, July 15, 2013, iTunes U.
38. Amy Hempel, "In the Cemetery Where Al Jolson Is Buried," 『The Collected Stories of Amy Hempel』 (New York: Scribner, 2006), 40.
39. Roger Fouts, 『Next of Kin』 (London: Penguin, 1997), 280-81.
40. Chris Hadfield, "Can You Cry in Space?," YouTube video, 1:24, posted by "VideoFromSpace," April 8, 2013, www.youtube.com/watch?v=1v5gtOkyCG0.
41. "Rumbles," 〈Avalanche 2〉 (Winter 1971), 2.
42. Anne Carson, "Uncle Falling," 『Float』 (New York: Alfred A. Knopf, 2016).
43. Paige M. Lewis, Twitter post, November 18, 2017, twitter.com/Paige_M_Lewis/status/931950473824931841.
44. Temple Black, 『Child Star』, 362.
45. J. W. Slaughter, "The Moon in Childhood and Folklore," 《The American Journal of Psychology》 vol. 13, no. 2 (1902), 297, doi:10.2307/1412741.
46. William Carlos Williams, "The Last Words of My English Grandmother," 『Selected Poems』 (New York: New Directions, 1968), 94-96.
47. Carl von Clausewitz, 『On War』, trans. Michael Howard and Peter Paret (Princeton, N. J.: Princeton University Press, 2008), 140.
48. Pam Belluck, "After Baby, an Unraveling," 《The New York Times》 (June 16, 2014), www.nytimes.com/2014/06/17/health/maternal-mental-illness-can-arrive-months-after-baby.html?_r=0.
49. Margery Kempe, 『The Book of Margery Kempe』, trans. B. A. Windeatt (London: Penguin Books, 1994), 41-42.
50. 같은 책.
51. 같은 책, 103.
52. Mathias Svalina, 『Thank You Terror』. Private communication from author.

53. Rachel Zucker, “What Dark Thing,” 『Museum of Accidents』 (Seattle: Wave Books, 2009), 9.
54. Sylvia Plath, “The Moon and the Yew Tree,” 『The Collected Poems』, ed. Ted Hughes (New York: Harper & Row, 1981), 173.
55. Christopher Alexander et al., 『A Pattern Language』 (New York: Oxford University Press, 1977), xli.
56. Lisa Olstein, “Ready Regret,” 『Late Empire』 (Port Townsend, WA: Copper Canyon Press, 2017), 83.
57. Harmony Holiday, “Preface to James Baldwin's Unwritten Suicide Note,” Harriet Blog, August 9, 2018, https://www.poetryfoundation.org/harriet/2018/08/preface-to-james-baldwins-unwritten-suicide-note.
58. Plath, “The Moon and the Yew Tree,” 173.
59. Christina Sharpe, 『In the Wake: On Blackness and Being』 (Durham, N. C., and London: Duke University Press, 2016), 104.
60. Ashley C. Ford, Twitter post, December 18, 2015, 4:40 p.m.
61. Brittney Cooper, “White Girl Tears,” 『Eloquent Rage: A Black Feminist Discovers Her Superpower』 (New York: St. Martin's Press, 2018), 175.
62. 2019년 3월 현재, 존 크로포드 3세를 위해 정의를 구현하려는 노력은 계속되고 있다. 그의 가족은 계속해서 경찰에 사고의 책임을 묻는 동시에 “경찰 폭력 피해 가족을 교육, 지원하는 등 여러 측면”에 초점을 맞춘 존 H. 크로포드 3세 재단을 설립했다. “이 재단은 지역사회 지도층 및 시민과의 협력을 통해 경찰의 책임에 특별히 초점을 맞추어 형법 제도를 개혁함으로써 이 무도한 폭력 행위를 근절하는 데도 힘을 쏟고 있다.”
63. Alvin Borgquist, “Crying,” 《The American Journal of Psychology》 vol. 17, no. 2 (1906), 150, doi:10.2307/1412391.
64. 같은 책.
65. 같은 책, 151.
66. Letter, Alvin Borgquist to W. E. B. Du Bois, April 3, 1905, W. E. B. Du Bois Papers (MS 312), Special Collections and University Archives, University of Massachusetts Amherst Libraries.
67. Lucille Clifton, “reply,” 『The Collected Poems of Lucille Clifton 1965-2010』, ed. Kevin Young and Michael S. Glaser (Rochester, N.Y.: BOA Editions, 2012), 337.
68. Lucille Clifton, “reply,” page proof with corrections, 1991, Box 19, Folder 1, Lucille Clifton Papers, Stuart A. Rose Manuscript, Archives, and Rare Book Library, Emory University.

69. Charles Darwin, 『The Expression of the Emotions in Man and Animals』 (New York: AMS Press, 1972), 148.

70. 같은 책, 153.

71. Zico J. van Haeringen, "The (Neuro)anatomy of the Lacrimal System and the Biological Aspects of Crying," 『Adult Crying: A Biopsychosocial Approach』, ed. Ad J. J. M. Vingerhoets and Randolph R. Cornelius (London and New York: Routledge, 2001), 19.

72. Michele Christle, "March of the Volunteers" (unpublished manuscript).

73. Charlotte Perkins Gilman, 『Women and Economics: A Study of the Economic Relations Between Men and Women as a Factor in Social Evolution』 (Boston: Small, Maynard & Company, 1898), 243-44.

74. Kempe, 『The Book of Margery Kempe』, 41.

75. 같은 책.

76. 같은 책.

77. Jan Verwoert, 『Bas Jan Ader: In Search of the Miraculous』 (London: After All Books, 2006), 1-7.

78. 요한나 아드리아나 아더르-아펠스, 「잠의 깊은 물결 속에서(From the Deep Waters of Sleep)」. 시의 전문은 다음과 같다.

잠의 깊은 물결 속에서 나 깨어 의식을 찾는다.
저 멀리서 열차가 이른 아침 덜컹덜컹 달리는 소리 듣는다.
동쪽으로 나아가 경계를 넘는다. 그러다 멈추겠지.

내 심장 뛰는 것도 느낀다. 당분간 계속 뛰겠지. 그러다 멈추겠지.
나의 것과 함께 뛰었던 그 작은 심장은 이제 멈춘 것일까.
그가 탄생의 경계를 넘어왔을 때 나는 그를 내 가슴에 눕히고
품 안에서 그를 얼렀지.
그땐 정말 작았는데.

한 남자의 창백한 몸이 파도의 품 안에서 흔들릴 때
그때도 정말 아주 작은데.

저 무한한 대양과 창공 속에서 우리는 무엇인가?
영원의 가슴에 안긴 작은 아기.

넌 들어 보았니, 행복이

슬픔의 깊은 우물에서 솟아오르는 소리를?
사랑이 고통과 낙담으로부터, 격정과 죽음으로부터 샘솟는 소리를?
내 소리가 그렇단다.

1975년 10월 12일
일요일 아침

킹 제임스 버전의 시편 30장 3절: "내 하나님이여 내가 주께 부르짖으매 나를 고치셨나이다."

79. Julio Cortázar, "Instructions on How to Cry," 『Cronopios and Famas』, trans. Paul Blackburn (New York: New Directions, 1999), 6.

80. Vingerhoets, 『Why Only Humans Weep』, 107.

81. James Tate, "Coda," 『Selected Poems』 (Hanover, N. H.: Wesleyan University Press/University Press of New England, 1991), 41.

82. Joan Didion, "On Self Respect," 『Slouching Towards Bethlehem』 (New York: Farrar, Straus and Giroux, 1968), 146-47.

83. "How to Stop Yourself from Crying," wikiHow, last modified January 3, 2017, www.wikihow.com/Stop-Yourself-from-Crying.

84. Roland Barthes, "Dark Glasses," 『A Lover's Discourse』, trans. Richard Howard (New York: Hill and Wang, 2010), 43.

85. Michelle Tea, 『Black Wave』 (New York: Feminist Press at the City University of New York, 2016), 56.

86. "Can the phoenix's tears bring back the dead?," Yahoo! Answers, accessed February 22, 2016, answers.yahoo.com/question/index?qid=20111217192129AAcJNQY.

87. "Crying...?," Yahoo! Answers, accessed July 23, 2016, answers.yahoo.com/question/index;_ylt=AwrC0F_BGw9a5iUA1mZPmolQ;_ylu=X3oDMTEyNHBhYnJtBGNvbG8DYmYxBHBvcwMxBHZ0aWQDQjI1NTdfMQRzZWMDc3I-?qid=20060726190711AAShCMH.

88. Claude Hermann Walter Jones, 『Babylonian and Assyrian Laws, Contracts and Letters』 (New York: Charles Scribner's Sons, 1904), 321.

89. Louise Glück, "A Sharply Worded Silence," 『Faithful and Virtuous Night: Poems』 (New York: Farrar, Straus and Giroux, 2015), 21.

90. Hart Crane, "Chaplinesque," 『The Poems of Hart Crane』, ed. Marc Simon (New York: Liveright Publishing Corp., 1986), 11.

91. Frank O'Hara, "Mayakovsky," 『The Collected Poems of Frank O'Hara』, ed. Donald Allen (Berkeley and Los Angeles: University of California Press, 1995), 201.
92. Elif Batuman, "Japan's Rent-a-Family Industry," 《The New Yorker》 (April 30, 2018).
93. Olivia B. Waxman, "This Hotel's 'Crying Rooms' Are Perfect for When You Need a Good Sob," Time.com, last modified May 8, 2015, time.com/3850283/japan-hotel-crying-rooms.
94. Franck André Jamme, "to be," 『New Exercises』, trans. Charles Borkhuis (Seattle/New York: Wave Books, 2008), 31.
95. Carl Phillips, "Gold Leaf," 『Wild Is the Wind』 (New York: Farrar, Straus and Giroux, 2018), 13.
96. Lorrie Moore, "People Like That Are the Only People Here," 《The New Yorker》 (January 27, 1997), 68.
97. Douglas Keister, 『Stories in Stone』 (Layton, Utah: Gibbs Smith, 2004), 139.
98. Edward Fitzgerald, 『A Hand Book for the Albany Rural Cemetery』 (Albany: Van Benthuysen Printing House, 1871), 58.
99. Joseph Stromberg, "The Microscopic Structures of Dried Human Tears," Smithsonian.com, last modified November 19, 2013, www.smithsonianmag.com/science-nature/the-microscopic-structures-of-dried-human-tears-180947766.
100. A. Caswell Ellis and G. Stanley Hall, "A Study of Dolls," 『The Pedagogical Seminary』 vol. 4 (1897), 139. Retrieved from books.google.com/books?id=hW4VAAAAIAAJ&source=gbs_navlinks_s.
101. 같은 책, 146. (행 바꿈은 저자)
102. Angelika Kretschmer, "Mortuary Rites for Inanimate Objects: The Case of Hari Kuyō," 《Japanese Journal of Religious Studies》 vol. 27, no. 3/4 (2000), 379-404, www.jstor.org.ezproxy.libraries.wright.edu/stable/30233671.
103. User name momoftwo, "Baby Annabell Customer Review," Amazon, last modified November 14, 2005, www.amazon.com/gp/review/R2BJHZQJHN34AQ?ref_=glimp_1rv_cl.
104. Anna Leavitt, "Huge Dissapointment! Customer Review," Amazon, last modified November 12, 2005, www.amazon.com/gp/review/R28GUZD3GHRWDL?ref_=glimp_1rv_cl.
105. N. Guido, "Broke after 4 months Customer Review," Amazon, last modified April 7, 2016, www.amazon.com/gp/customer-reviews/RU09SMSXYCYQP/

ref=cm_cr_arp_d_rvw_ttl?ie=UTF8&ASIN=B00JA1HTLS.

106. Chris Meigh-Andrews, 『A History of Video Art』 (New York and London: Bloomsbury Academic, 2006), 309.

107. K. G. Karakatsanis, "'Brain Death': Should It Be Reconsidered?," 《Spinal Cord》 vol. 46, no. 6 (2008), 399, Academic Search Complete, EBSCO-host, accessed December 1, 2017.

108. Charlotte Perkins Gilman and Denise D. Knight, 『The Diaries of Charlotte Perkins Gilman, Vol. 1: 1879-87』 (University Press of Virginia, 1994), 344.

109. Sylvia Plath, 『The Bell Jar』 (New York: Harper & Row, 1971), 82-83.

110. Leo Lionni, 『Little Blue and Little Yellow』 (New York: Dragonfly Books-Random House Children's Books, 1959, reprint 2017).

111. Plath, "The Moon and the Yew Tree," 173.

112. Brian Boyd, 『On the Origin of Stories: Evolution, Cognition, and Fiction』 (Cambridge and London: Belknap Press, 2009), 115.

113. Fritz Heider and Marianne Simmel, "An Experimental Study of Apparent Behavior," 《The American Journal of Psychology》 vol. 57, no. 2 (1944), 243-59, doi:10.2307/1416950.

114. William Carlos Williams, "Asphodel, That Greeny Flower," 『Asphodel, That Greeny Flower & Other Love Poems』 (New York: New Directions, 1994), 9.

115. Peter Richards, "The Moon Is a Moon," 『Oubliette』 (Amherst, Mass.: Verse Press, 2001), 66.

116. George Lakoff and Mark Johnson, 『Metaphors We Live By』 (Chicago and London: University of Chicago Press, 1980), 16.

117. Dr. Patricia Fara, Professor Melissa Hines, and Dr. Cailin O'Connor, "Women in Science: Past, Present, and Future Challenges," Public Panel Discussion, Forum for European Philosophy at London School of Economics and Political Science, September 27, 2016, www.lse.ac.uk/website-archive/newsAndMedia/videoAndAudio/channels/publicLecturesAndEvents/player.aspx?id=3588.

118. William H. Frey with Muriel Langseth, 『Crying: The Mystery of Tears』 (Minneapolis, Minn.: Winston Press, 1985), 12.

119. 같은 책, 39.

120. 같은 책, 49.

121. hooks, 『The Will to Change』, 135-36.

122. Thomas Dixon, 『Weeping Britannia: Portrait of a Nation in Tears』 (Oxford: Oxford University Press, 2015), 96, 111.

123. 여기서 T는 테스토스테론의 준말이다.

124. Renato Rosaldo, “Introduction: Grief and a Headhunter's Rage,” 『Culture and Truth: The Remaking of Social Analysis』 (Boston: Beacon Press; London: Taylor & Francis, 1993 [1989]), 171.

125. 같은 책.

126. 같은 책, 167.

127. Michelle Rosaldo, 『Knowledge and Passion: Ilongot Notions of Self and Social Life』 (Cambridge: Cambridge University Press, 1980), 32-34.

128. PEN America, “Opening Night of PEN World Voices: Judith Butler,” video, 11:21, April 30, 2014, youtu.be/rNmZSROmzeo.

129. “Supercool,” 〈Radiolab〉 podcast, December 5, 2017, www.wnycstudios.org/story/super-cool-2017.

130. Ami Dokli recorded by Sulley Lansah, “The Women Paid to Cry at the Funerals of Strangers,” BBC Africa 〈One Minute Stories〉, 1:00, July 1, 2018, www.bbc.com/news/av/world-africa-44656749/the-women-paid-to-cry-at-the-funerals-of-strangers.

131. Elisabeth Goodridge, “Front-Runner Ed Muskie's Tears (or Melted Snow?) Hurt His Presidential Bid,” 《U.S. News & World Report》, last modified January 17, 2008, www.usnews.com/news/articles/2008/01/17/72-front-runners-tears-hurt.

132. Paul Rozin et al., “Glad to Be Sad, and Other Examples of Benign Masochism,” 《Judgment & Decision Making》 vol. 8, no. 4 (July 2013), 439-47, Academic Search Complete, EBSCO-host, accessed December 10, 2017

133. PEN America, “Opening Night of PEN World Voices: Judith Butler.”

134. 같은 책.

135. Henri Bergson, 『Laughter: An Essay on the Meaning of the Comic』, trans. Cloudesely Brereton and Fred Rothwell (Rockville, Md.: Arc Manor, 2008), 12.

136. Rozin et al., “Glad to Be Sad, and Other Examples of Benign Masochism,” 446.

137. Laura Varnam, “The Crucifix, the Pietà, and the Female Mystic: Devotional Objects and Performative Identity 『The Book of Margery Kempe』,” 《The Journal of Medieval Religious Cultures》 vol. 41, no. 2 (2015), 208-37, muse.jhu.edu, accessed December 19, 2017.

138. Kempe, 『The Book of Margery Kempe』, 187.

139. Zbigniew Herbert, “The Envoy of Mr. Cogito,” 『Mr. Cogito』, trans. John

Carpenter and Bogdana Carpenter (Hopewell, N.J.: Ecco Press, 1993), 61.
140. Bergson, 『Laughter』, 84.
141. Charlotte Perkins Gilman, 『The Living of Charlotte Perkins Gilman: An Autobiography』 (Madison: University of Wisconsin Press, 1990 [1935]), 96.
142. Nancy Cervetti, 『S. Weir Mitchell, 1829-1914: Philadelphia's Literary Physician』 (University Park: Pennsylvania State University Press, 2012), 148-49.
143. Gilman and Knight, 『The Diaries of Charlotte Perkins Gilman, Vol. 1』, 385.
144. Silas Weir Mitchell, 『Fat and Blood: An Essay on the Treatment of Certain Forms of Neurasthenia and Hysteria』 (Philadelphia: J. B. Lippincott Co., 1888), 49.
145. Zachary Schomburg, "Right Man for the Job" (unpublished manuscript).
146. "The goat ate the goat food from his hand," submitted by William, 『Reasons My Son Is Crying』 (July 26, 2013).
147. Roland Barthes, "November 5," 『Mourning Diary』, trans. Richard Howard (New York: Hill and Wang, 2010), 37.
148. Renee Gladman, "I began the day looking up at the whiteboard," 『Calamities』 (Seattle/New York: Wave Books, 2016), 35-36.
149. Silas Weir Mitchell diary, 1898, Box 13, Folder 18, Silas Weir Mitchell Papers, Philadelphia College of Physicians Historical Library.
150. 같은 자료.
151. 내가 샤론을 처음 만난 뒤로 세인트스티븐 교회는 새 생명을 찾았다. 얼마 전에 샤론에게서 이메일이 왔다. "세인트스티븐은 2017년 3월부터 교구 교회보다는 포교단으로서 활동을 시작했습니다. (…) 우리는 이제 매주 월요일, 화요일, 수요일, 목요일에 정오 예배를 드리고, 음악 연주회를 개최하고, 템플대학 사회복지과 학생과 함께 지역사회 봉사 활동을 진행합니다." 연못은 이제 없어졌다고 샤론이 전했다.
152. Frank O'Hara, "Steps," 『The Collected Poems of Frank O'Hara』, ed. Donald Allen (Berkeley, Los Angeles, and London: University of California Press, 1995), 370.
153. Letter, S. Weir Mitchell to John K. Mitchell, January 11, 1899, Box 5, Folder 7, Silas Weir Mitchell Papers, Philadelphia College of Physicians Library.
154. Letter, Alvin Borgquist to G. Stanley Hall, August 28, 1904, Box Box B1-6-2, Graduate Correspondence, Dr. G. Stanley Hall Papers, Archives and Special Collections, Clark University.
155. Letter, George M. Stratton to Edmund Sanford, July 2, 1904, Box B1-6-2, Graduate Correspondence, Dr. G. Stanley Hall Papers, Archives and Special

Collections, Clark University.

156. Domino Renee Perez, 『There Was a Woman: La Llorona from Folklore to Popular Culture』 (Austin: University of Texas Press, 2008).

157. Alexander Chee, "On Becoming an American Writer," 『How to Write an Autobiographical Novel』 (Boston and New York: Mariner Books, 2018).

158. Robert Frost, "Mending Wall," 『The Poetry of Robert Frost: The Collected Poems, Complete and Unabridged』, ed. Edward Connery Lathem (New York: Henry Holt, 1979), 33.

159. "Inês de Castro and Pedro I of Portugal," 〈Stuff You Missed in History〉 podcast, January 25, 2017, www.missedinhistory.com/podcasts/ines-de-castro.htm.

160. 같은 자료.

161. Yusef Komunyakaa, "Facing It," 『Neon Vernacular: New and Selected Poems』 (Middletown, Conn.: Wesleyan University Press, 1993), 159.

162. Lee Ann Roripaugh, "Poem as Mirror Box: Mirror Neurons, Emotions, Phantom Limbs, and Poems of Loss and Elegy," 《jubilat》 vol. 21 (2012), 78.

163. Anonymous, "The Case of George Dedlow," 《Atlantic Monthly》 (July 1866), 1-11; reprinted in S. Weir Mitchell, 『The Autobiography of a Quack and the Case of George Dedlow』 (New York: Century Co., 1900) and 『The Autobiography of a Quack and Other Short Stories』 (New York: Century Co., 1915).

164. Jillian Weise, "The Dawn of the 'Tryborg,'" 《The New York Times》 (November 30, 2016), www.nytimes.com/2016/11/30/opinion/the-dawn-of-the-tryborg.html?_r=0.

165. Cervetti, S. 『Weir Mitchell, 1829-1914』, 52-58.

166. Aaron Blake, "Donald Trump's Amazing Answer to 'Do You Cry?,'" 《The Washington Post》 (January 19, 2016), www.washingtonpost.com/news/the-fix/wp/2016/01/19/donald-trumps-amazing-answer-on-do-you-cry.

167. E. Poulakou-Rebelakou, C. Tsiamis, G. Panteleakos, and D. Ploumpidis, "Lycanthropy in Byzantine Times (AD 330-1453)," 《History of Psychiatry》 vol. 20, no. 4 (2009), 468-79, doi:10.1177/0957154X08338337, accessed October 6, 2017.

168. William Cassidy, "tempers & knives," email, 2005.

169. William Cassidy, "RE:," email, 2005.

170. Henk Van Woerden, 『The Assassin: A Story of Race and Rage in the Land of Apartheid』, trans. Dan Jacobson (New York: Picador USA, 2000), 5.

171. H. F. Verwoerd, "A Method for the Experimental Production of Emotions,"

《The American Journal of Psychology》 vol. 37, no. 3 (1926), 357-71, doi:10.2307/1413622.

172. Details: Banstead Hospital, Banstead, Hospital Records Database: A Joint Project of the Wellcome Library and the National Archives, www.nationalarchives.gov.uk/hospitalrecords/details.asp?id=43#jump2record.
173. Plath, 『The Bell Jar』, 167-68.
174. Verwoerd, "A Method for the Experimental Production of Emotions."
175. Rainer Maria Rilke, quoted in Gaston Bachelard, 『The Poetics of Space』, 57.
176. "Automata," 〈In Our Time〉 podcast, September 20, 2018, www.bbc.co.uk/programmes/b0bk1c4d.
177. Megan Cook, private Facebook comment, September 24, 2018.
178. "The Green Line (room 11)," 〈Room Guide for Francis Alÿs, A Story of Deception〉, Tate Modern, June 15-September 5, 2010, www.tate.org.uk/whats-on/tate-modern/exhibition/francis-alys/francis-alys-story-deception-room-guide/francis-alys-4.
179. Emily Dickinson, "I like a look of Agony," 『The Poems of Emily Dickinson』, ed. R. W. Franklin (Cambridge and London: Belknap Press, 1999), 152.
180. Vingerhoets, 『Why Only Humans Weep』, 14-15.
181. "St. Thomas News," 〈Racing Junior〉, September 11, 2007, www.racingjunior.com/stthomas.htm.
182. Sonya Vatomsky, "Debunking the Myth of 19th-Century 'Tear Catchers,'" 《Atlas Obscura》 (May 2, 2017), www.atlasobscura.com/articles/tearcatchers-victorian-myth-bottle.
183. Dara Wier, "The Dream," 『In the Still of the Night』 (Seattle: Wave Books, 2017), 21.
184. Rob Verger, "Student Scientists Determine That It's Impossible to Literally Cry a River," 《The Daily Telegraph》 (May 4, 2016), www.dailytelegraph.com.au/technology/science/student-scientists-determine-that-its-impossible-to-literally-cry-a-river/news-story/f02088b2fb6257cd8c877612efc736e5.
185. George Wald, "Eye and Camera," 《Scientific American》 183:2.
186. Marissa Fessenden, "How Forensic Scientists Once Tried to 'See' a Dead Person's Last Sight," Smithsonian.com, May 23, 2016, www.smithsonianmag.com/smart-news/how-forensic-scientists-once-tried-see-dead-persons-last-sight-180959157.

187. John Keats, "This living hand, now warm and capable," 『Complete Poems and Selected Letters of John Keats』(New York: Modern Library, 2001), 365.

188. Migiwa Orimo, private Facebook comment, December 4, 2017.

189. Andrea Donna and Natasha Kessler-Rains, private Facebook comments, December 5, 2017.

190. Lev Oshanin, lyrics for "May There Always Be Sunshine," trans. Tom Botting.

191. Thomas Murry and Clark A. Rosen, "Phonotrauma Associated with Crying," 《Journal of Voice》 vol. 14, no. 4 (2000), 575-80, doi:10.1016/S0892-1997(00)80013-2, accessed November 27, 2018.

192. Carson, "Uncle Falling."

193. Lewis Carroll, 『Alice in Wonderland』(London: Octopus Books Limited, 1981), 26.

194. Gertrude Stein, "Sacred Emily," 『Geography & Plays』(Boston: Four Seas Press, 1922), 187.

195. Alexander Vvedensky, trans. Valerii Sazhin, quoted in editor's introduction to 『Oberiu: An Anthology of Russian Absurdism』, ed. Eugene Ostashevsky (Evanston, Ill.: Northwestern University Press, 2006), xxii.

196. Danez Smith, "23 Positions in a One-Night Stand," 《Adroit Journal》 vol. 19 (undated), www.theadroitjournal.org/issue-nineteen-danez-smith-the-adroit-journal.

197. Aram Saroyan, "lighght," 『Complete Minimal Poems』(New York: Ugly Duckling Presse, 2007), 31.

198. 그 후 알게 된 이 시인의 이름은 제시카 스미스이다.

이 책에 나오는 주요 작가들

가스통 바슐라르(Gaston Bachelard, 1884~1962) _ 341

프랑스 과학철학자, 문학비평가. 구조주의의 선구자로, 합리적 이성을 중시하고 이미지와 상상력은 무익한 것, 제거해야 하는 것으로 여기던 서구 철학사에 큰 파문을 일으킨 주인공이다. 그는 이미지와 상상력을 '인간 활동의 근원적인 원천'으로까지 끌어올려, 이미지와 상상력 연구에서 '코페르니쿠스적 혁명'을 이룩한 것으로 평가받는다.

다네스 스미스(Danez Smith, 1989~) _ 389

아프리카계 미국 시인. 젠더퀴어(genderqueer)이자 흑인으로, 인종·성별에 대한 깊은 이해와 고민이 담긴 작품을 창작하고 있다. 연기자로도 활동한다.

대러 와이어(Dara Wier, 1949~) _ 168, 364

미국 시인. 실험적인 시를 주로 창작했으며, 10여 권의 시집을 출간했다. 미국 초현실주의 대표 시인 제임스 테이트가 그의 남편이다.

데버라 디거스(Deborah Digges, 1950~2009) _ 132~133, 324

미국 시인, 교사. 일상의 삶과 자연을 서정적으로 그린 시인으로, 2009년 자살로 삶을 마감했다.

도나 해러웨이(Donna Haraway, 1944~) _ 319

미국 생물학자, 과학사가. 과학 기술 분야의 저명한 학자이자 페미니스트, SF 애호가이다. 1985년 발표한 「사이보그 선언」으로 세계적인 명성을 얻었다. 그는 "'사이보그 선언'은 일종의 경계 허물기로, 남성/여성, 인간/동물, 생명/기계 등 기존 서구의 이분법을 해체시킨다. 따라서 페미니즘은 사이보그 되기를 통해 사상적 돌파구를 찾아야 한다."라고 주장한다. 즉 "사이보그라는 하나의 메타포를 통해 젠더와 계급, 인종 면에서 억압당하는 모든 주체를 대변하고 그 억압의 기제를 무력화"시키는 게 그의 목적이라고 할 수 있다.

레나토 로살도(Renato Rosaldo, 1941~) _ 252

미국 인류학자로, 멕시코계 미국인 2세로 알려져 있다. 필리핀에 사는 일롱곳 부족에게는 머리사냥이라는 매우 특이하면서도 잔인한 관습이 있었다. 머리사냥은 한 장소에 매복해 있다가, 그곳을 지나는 첫 번째 사람을 죽이고 그 머리를 베는 것을 말한다. 일롱곳 부족이 머리사냥을 하는 이유는 가까운 사람을 잃었을 때, 그 분노와 비통함을 해소하기 위해서라고 한다. "비통함에서 비롯된 분노로 인해 같은 인간을 죽일 수밖에 없게 된다"는 것이다. 인류학자인 로살도는 이러한 잔인한 관습이 왜 일롱곳 부족 사이에 자리 잡게 되었는지 알아내기 위해 1967년부터 아내이자 학문적 동지인 미셸 로살도와 함께 현지 조사를 계속해 왔다. 그러던 중 1981년 아내가 절벽에서 실족사를 했고, 이를 계기로 로살도는 비로소 머리사냥이라는 끔찍한 관행을 진심으로 이해하게 되었다고 밝혔다.

레이철 저커(Rachel Zucker, 1971~) _ 126, 167
미국 시인. 결혼과 모성, 우울증, 예술가의 삶 등을 주제로 시와 에세이를 쓰고 있다. 현재 뉴욕대에서 학생들을 가르치고 있다.

로리 무어(Lorrie Moore, 1957~) _ 200
미국 작가. 주로 가슴 아프거나 감동적인 주제, 유머러스한 내용의 소설·에세이 등을 쓰는 작가로, 30년 넘게 꾸준히 활동을 계속하고 있다.

로버트 프로스트(Robert Lee Frost, 1874~1963) _ 311
미국 시인. 농장에서 생활한 경험을 되살려, 소박한 농민과 아름다운 자연을 맑고 쉬운 언어로 표현했다. J. F. 케네디 대통령 취임식에서 자작시를 낭송하는 등 미국의 계관시인(桂冠詩人) 같은 존재로, 퓰리처상을 4회 수상했다.

로베르 데스노스(Robert Desnos, 1900~1945) _ 76
프랑스 시인, 소설가. 최면에 의한 가수면 상태에서 시를 쓰는 데 탁월한 재능을 보인 작가로, 초현실주의(쉬르레알리즘) 운동의 방향을 설정하는 데 큰 역할을 했다. 제2차 세계대전 중 레지스탕스에 가담했다가 체포되어, 나치스 수용소에서 사망했다.

로즈린 피셔(Rose-Lynn Fisher, 1955~) _ 211~212
미국 사진작가. 다양한 상황에서 나오는 눈물을 현미경으로 들여다본 뒤, 이를 사진 작품으로 남겼다. 흥미롭게도, 눈물은 눈물의 양이나 환경 등에 따라 다른 모양을 띤다고 한다. 특히 로즈린 피셔는 "눈물은 개개의 점성이나 화학 반응, 현미경의 세팅, 화상의 현상 방법 등으로 보이는 방식이 크게 변한다. 어느 한 개라도 같은 모양이 없어서 재미있다."라고 말했다.

로즈린 피셔 홈페이지

롤랑 바르트(Roland Gérard Barthes, 1915~1980) _ 173, 291

프랑스 비평가, 철학자. 20세기 프랑스를 대표하는 비평가이자 구조주의 철학자로, "끊임없이 여러 담론을 오가며 학문적 입장을 변경해 나갔고, 이를 글쓰기에 실천적으로 도입"하고자 한 사상가이다. 1980년 교통사고 후유증으로 사망했다.

르네 글래드먼(Renee Gladman, 1971~) _ 292

미국 시인, 소설가, 수필가, 예술가. 실험적 산문 작가로 알려졌지만, 그의 작품 세계는 소설과 수필, 시각 예술 등 분야를 가리지 않는다. 특히 그는 장르 간의 경계를 허무는 데 큰 관심을 가지고 작품 활동을 계속하고 있다.

리 앤 로리포(Lee Ann Roripaugh, 1965~) _ 316

미국 시인. 일본계 미국인 2세로, 혼혈인으로서 자신의 정체성에 대해 많은 고민을 했으며, 이를 작품으로 남기기도 했다. 『쓰나미 vs. 후쿠시마 50』 등 수많은 시집을 출간했고, 현재 사우스다코다대학에서 학생들을 가르치고 있다.

마리나 츠베타예바(Marina Tsvetaeva, 1892~1941) _ 132

러시아 시인, '20세기 러시아를 대표하는 시인' 중 한 명이다. 권력에 동조하지 않고 어떤 그룹에도 속하지 않은 채 독자적인 창작의 길을 걸은 츠베타예바는 "글쓰기와 삶을 완벽하게 하나로 만든 시인"이다. 가난 속에서 살다가 1922년 망명을 떠나 베를린, 프라하 등을 거쳐 1939년 러시아로 돌아왔다. 그 뒤로도 궁핍한 생활은 계속됐고, 남편은 간첩 혐의로 처형을 당했다. 제2차 세계대전으로 피난 중 1941년 목을 매 자살했다.

마리아 엘레나 크루즈 바렐라(Maria Elena Cruz Varela, 1953~) _ 132

쿠바 시인, 소설가, 저널리스트. 반(反)카스트로 단체의 리더 중 한 명으로, 1991년 개혁 등을 요구하는 선언문을 발표하고 감옥에 갇히기도 했다. 석방된 뒤 쿠바를 떠나 망명길에 올랐고, 현재는 에스파냐에 거주하고 있다.

마저리 켐프(Margery Kempe, 1373~1439) _ 120~121, 158, 276

중세 기독교 신비주의자. 첫아이를 출산한 뒤 6개월간 정신착란 증세를 겪다가, 신의 음성을 듣고 신비체험을 했다고 주장했다. 『마저리 켐프 서(The book of Margery Kempe)』는 글을 배운 적 없는 그가 60대에 구술한 것으로 추정되는 자서전으로, 이 책에서 마저리 켐프는 교회와 남성의 권위 속에서 자신의 정체성을 지켜 내는 과정, 종교적 체험 등을 흥미롭게 풀어냈다.

마크 존슨(Mark Johnson, 1949~) _ 243

미국 철학자. 오리건대학 철학과 교수로, '체험주의'라는 새로운 철학적 흐름을 만든 철학자로 잘 알려져 있다. 그는 독창적인 은유 이론, 나아가 독창적인 상상력 이론을 바탕으로, 오늘날 서구 철학이 직면한 주요 난제들을 비판하는 한편, 그 대안을 제시하고 있다.

마티아스 스발리나(Mathias Svalina, 1975~) _ 124~125, 127, 347, 349

미국 시인. 2014년부터 꿈 배달 서비스를 운영하고 있다. 자신이 머무는 곳에서 반경 4마일 이내에 거주하는 구독자에게는 자전거를 타고 직접, 다른 모든 구독자에게는 우편으로 시를 전달한다.

꿈 배달 서비스 홈페이지

메리 루에플(Mary Ruefle, 1952~) _ 72, 360

미국 시인, 수필가. 시를 이루는 텍스트들을 일부분 삭제해 새로운 시를 만들어 내는 삭제시(erasure poetry)로 유명하다. 그의 시들은 재미있으면서도 어둡고, 구속된 듯하면서 자유로운 느낌을 준다는 특징이 있다. 수십 권의 시집을 출간했으며, 2019년에 출간한 시집 『Dunce』는 2020년 퓰리처상 최종 후보에 올랐다.

미셸 로살도(Michelle Rosaldo, 1944~1981) _ 253

미국 사회·언어·심리 인류학자. 여성학과 젠더 인류학에서 선구적인 역할을 한 인류학자이다. 남편 레나토 로살도와 일롱곳 부족의 머리사냥에 대한 연구를 하던 중, 안타깝게도 절벽에서 실족사를 당했다.

미셸 티(Michelle Tea, 1971~) _ 175

미국 작가. 매사추세츠 첼시 출신으로, 어린 시절 계부에게 학대를 당하다가 집을 나온 뒤 아르바이트를 전전했다. 아무리 열심히 일해도 성 노동자인 친구보다 훨씬 적은 돈을 번다는 사실을 알게 되면서 한때 성 노동자로 일하기도 했다. 샌프란시스코로 이주하여 자신의 레즈비언으로서의 정체성과 문학성에 눈을 뜬 미셸 티는 현재 퀴어 문화, 페미니즘, 인종, 계급 등의 주제를 주로 탐구하고 있다.

바스 얀 아더르(Bas Jan Ader, 1942~1975) _ 81~82, 160~161, 165, 264, 268

네덜란드 출신의 미국 예술가. 사진, 퍼포먼스, 영화 등 다양한 장르에서 여러 작품을 남겼다. 지붕 또는 나무 위에서 떨어지거나 길에서 쓰러지고, 자전거를 타다가 운하에 빠지는 등 슬픔과 좌절, 사라짐과 죽음에 대한 퍼포먼스로 잘 알려져 있다. 1975년, 대서양을 횡단하는 퍼포먼스를 하다가 실종되었는데, 그의 배는 발견되었지만 시신은 끝내 발견되지 않았다.

버지니아 울프(Adeline Virginia Woolf, 1882~1941) **_ 184, 186**
영국의 소설가, 비평가. 20세기를 대표하는 모더니즘 작가로, 평생 정신질환을 앓으면서도 다양한 소설 기법을 실험하여 현대문학에 큰 영향을 주었다. 어머니가 사망한 뒤 시작된 정신질환 증세는 아버지의 사망 이후 더욱 악화되어, 결국 우즈강에서 투신자살로 삶을 마감했다.

벨 훅스(bell hooks, 1952~) **_ 56, 248~249**
미국 작가, 사회운동가, 페미니스트. 본명은 'Gloria Jean Watkins'로, 'bell hooks'라는 예명은 자신의 할머니 이름에서 따온 것이다. 30권 이상의 책을 출간했으며, 미국 지성계의 중요한 인물로 교육, 예술, 역사, 대중매체, 인종·여성 문제, 사회 계층 등과 관련해 연구 및 강연을 계속하고 있다. "이름보다 글로 말하는 사람"이고자 필명에는 대문자를 사용하지 않는다고 한다.

브라이언 보이드(Brian D. Boyd, 1952~) **_ 235**
뉴질랜드 영문학자. 세계적인 영문학자로, 오클랜드대학 영문학과 교수로 재직 중이다. 비평과 이야기에 진화론적 해석을 도입하는 등 이야기에 과학 기술을 더하는 작업을 계속하고 있다. 20세기 러시아 문학의 거장이면서 미국 문학을 대표하는 작가인 블라디미르 나보코프 작품의 편집자이자 연구자로도 잘 알려져 있다.

브리트니 쿠퍼(Brittney Cooper, 1980~) **_ 138**
미국 작가, 문화 평론가. 흑인과 여성 문제를 연구하는 흑인 페미니즘의 최고 학자이자 대중 지식인으로 꼽힌다. 대중문화의 인종·성별 표현법, 흑인 여성 사상사, 미국 흑인 여성 리더십의 역사 등을 주로 연구하고 있으며, 대중 연설가로도 널리 알려져 있다.

빌헬름 퀴네(Wilhelm Kühne, 1837~1900) **_ 366~367**
독일 생리학자. 소화, 근육, 신경을 주로 연구했는데, 특히 소화효소에 관한 연구가 유명하다. '효소(enzyme)'와 '트립신(trypsin)'이라는 용어를 만든 사람으로 잘 알려져 있다. 그 밖에 근육 단백질인 미오신의 발견과 망막에서의 로돕신(시홍) 추출도 그의 주요한 업적 가운데 하나이다.

사일러스 위어 미첼(Silas Weir Mitchell, 1829~1914) **_ 282~286, 294~300, 302, 305~308, 318~320**
미국 의사, 과학자, 작가. 복합부위 통증증후군(외상 후 특정 부위에서 발생하는, 원인을 알 수 없는 극심한 통증)과 환상지 통증(절단되어 없는 팔다리가 여전히 아프다고 느끼는 현상)을 최초로 발견했고, 신경병 치료요법인 '위어미첼법'을 창안했다. 역사 소설과 시 등 문학에도 조예가 깊어, 같은 시대 사람들은 그를 천재로 여겼다고 한다.

샬럿 퍼킨스 길먼(Charlotte Perkins Gilman, 1860~1935) _ 155, 227, 282~286, 288
미국의 페미니스트, 비평가, 시인. 소설 「누런 벽지(The Yellow Wallpaper)」(1892)에서 남성 중심적인 미국 사회에서 억압받은 여성의 삶을 드러내면서 여성주의 작가로 알려지게 되었다. 전통적인 아내와 어머니 역할을 거부하고 여성의 경제적 독립과 참된 자유를 역설했으며, 여성의 정치 참여를 독려하고 여성 정당을 설립하는 등 사회운동가로도 활발히 활동했다.

셜리 템플(Shirley Temple, 1928~2014) _ 67, 93
미국 배우. 할리우드가 낳은 가장 유명한 아역 스타 중 한 명으로 〈리틀 미스 마커(Little Miss Marker)〉로 단숨에 스타가 되었다. 1930년대 미국이 대공황을 맞아 큰 어려움을 겪고 있을 당시, 프랭클린 루스벨트 대통령이 라디오 연설에서 "미국에 셜리 템플이 있는 한 우리는 괜찮을 것"이라는 이야기를 할 만큼 셸리 템플은 미국의 상징이자 희망이었다. 은퇴 후 정계에 입문해 가나와 체코슬로바키아의 대사를 지내는 등 외교관으로 활약하기도 했다.

실비아 플라스(Sylvia Plath, 1932~1963) _ 132~133, 184, 229~230, 337
미국 시인, 소설가. 그 존재만으로도 "문학에서의 한 사건"이라 일컬어지는 작가이다. 어려서부터 문학적 감성이 풍부했으며, 미국 스미스대학과 영국 케임브리지대학에서 장학생으로 공부할 정도로 모범적인 삶을 살았다. 정신질환을 앓았던 플라스는 여성의 사회 활동을 억압하는 당시의 풍조로 인해 힘든 삶을 살다가 결국 자살로 생을 마감했다.

아람 사로얀(Aram Saroyan, 1943~) _ 389
아르메니아계 미국 시인, 소설가. 시의 미니멀리즘을 추구하는 작가로, 그의 시 「m」은 기네스북에 세계에서 가장 짧은 시로 기록되어 있다.

안나 아흐마토바(Anna Akhmatova, 1889~1966) _ 132
러시아 시인. 혁명에 대한 위화감으로 사회주의 노선을 따르지 않고, 개인주의적이고 자서전적인 시, 특히 '사랑'을 주제로 한 시를 주로 썼다. 1912~1913년에 일어난 러시아 시문학의 모더니즘적 경향인 '아크메이즘' 운동에 참여하기도 했다.

알렉산더 지(Alexander Chee, 1967~) _ 311
미국 소설가. 성 소수자이자 한국계 미국인으로, 한국에 각별한 애정을 가진 것으로 알려져 있다. 데뷔작 『에든버러』로 '제임스 미치너상', '아시안 아메리칸 문학상', 권위 있는 퀴어 문학상인 '람다 문학재단 편집자 선정상' 등을 수상하며 베스트셀러 작가로 명성을 날렸고, 록산 게이와 주노 디아스에게 '대가의 반열에 오른 작가', '비교 불가능한 작가'로 언급되기도 했다.

알렉산더르 브베덴스키(Alexander Vvedensky, 1904~1941) _ 387

러시아 시인, 극작가. 러시아 아방가르드 운동에 큰 영향을 미친 작가로, 그는 자신의 시를 "칸트의 철학보다 더 강력한 이성에 대한 비판"이라고 생각했다. 유머러스하면서도 독창적이고, 실험적이며 전위적인 시로, 러시아 문학에서 가장 중요한 작가 중 한 명으로 꼽힌다.

알프레드 테니슨(Alfred Tennyson, 1850~1892) _ 307

영국 시인으로, 영국 빅토리아 시대의 국보적인 존재로 평가받는다. 테니슨은 1833년 소중한 친구인 아서 헨리 핼럼이 갑자기 사망하자 큰 충격을 받고 그를 애도하는 시를 쓰기 시작했는데, 그 작품이 바로 『인 메모리엄』이다. 1833년부터 집필을 시작해, 17년 만인 1850년에 완성, 출간하였다.

앙리 베르그송(Henri Bergson, 1859~1941) _ 267, 281

프랑스 철학자. 노벨문학상 수상, 아카데미 프랑세즈 회원, 국제연맹 국제협력위원회(유네스코 전신) 의장 역임에 최고의 레지옹 도뇌르 명예 훈장 수상까지, 살아생전 자신의 철학으로 최고의 명예를 누린 극히 드문 철학자이다. 프랑스 유심론(唯心論)의 전통을 계승하면서도, C. R. 다윈·H. 스펜서 등의 진화론의 영향을 받아 생명의 창조적 진화를 주장하였다. 한편 아인슈타인과 벌인 시간 개념에 대한 논쟁은 역사에 기록될 정도로 유명하다.

앤 카슨(Anne Carson, 1950~) _ 83, 380

캐나다 시인, 소설가. 고등학교 시절 처음 접한 그리스 고전에 강하게 매료되어 대학에서 그리스어를 전공하고 이후 30년 동안 고전문학을 연구하고 가르쳤다. 2001년에는 여성 최초로 T. S. 엘리엇상을 받았으며, 해마다 노벨문학상 후보로 거론될 정도로 현재 영미 시 문학 분야에 큰 영향을 미치고 있다. "고전을 소재로 삼아 포스트모던한 감성과 스타일의 심오하고 기발한 작품"들을 써 온 앤 카슨은 "삶에서 가장 두려운 것은 지루함이고 지루함을 피하는 것이 인생의 과업"이라는 자신의 말처럼 지금도 작품 활동에 매진하고 있다.

앨런 셰퍼드(Alan Shepard, 1923~1998) _ 85, 361

미국 우주 비행사. 1961년 5월 5일에 머큐리-레드스톤 3호 로켓에 탑승해 미국 최초의 우주 비행사가 되었다. 1971년에는 아폴로 14호를 타고 인류 역사상 다섯 번째로 달 표면에 착륙했다.

앨리스 오즈월드(Alice Oswald, 1966~) _ 20

영국 시인. 옥스퍼스대학에서 시 문학을 가르치고 있다. 한국이나 미국에는 아직 잘 알려져 있지 않지만, 영국에서는 상당히 유명한 작가이다. 본문에 나온 『메모리얼』이 그의 작품인데, 『일리아스』를 재해석한 이 작품으로 워릭대학교에서 주는 워릭 문학상을 받았다.

에드 로버슨(Ed Roberson, 1939~) _ 292

아프리카계 미국 시인. 1960년에 미국에서 일어난 문화 운동인 '흑인 예술 운동'(백인들의 권력 구조에 맞서 아프리카계 미국인의 문화적 정체성을 찾으려는 운동)에 참여했으며, 생태, 환경, 도시와 관련 있는 시를 주로 창작하였다.

에이미 롤리스(Amy Lawless) _ 51

미국 시인. 본문에 나온 시는 에이미 롤리스의 시집 『나의 아버지(My Dead)』에 실린 시 「애도하는 코끼리(Elephants in Mourning)」의 일부이다. 시인은 할아버지, 할머니가 돌아가셨을 때 자신의 가족들이 장례식에서 보인 행동과 내셔널 지오그래픽에서 본 코끼리의 애도 행동이 유사하다고 생각해 이 시를 썼다고 한다.

에밀리 디킨슨(Emily Elizabeth Dickinson, 1830~1886) _ 352

미국 시인. 자연과 사랑, 죽음과 영원, 이별 등의 주제를 많이 다룬 시인으로, 미국에서 가장 천재적인 시인 가운데 한 명으로 꼽힌다. 운율이나 문법 등에서 파격적인 부분이 많아서 생전에는 인정받지 못했지만, 20세기 들어 이미지즘이나 형이상학적인 시가 유행하면서 그의 시도 높이 평가받게 되었다.

오거스터스 세인트고든스(Augustus Saint-Gaudens, 1848~1907) _ 300, 302, 307

미국 조각가. 미국 르네상스(1830년대에서 미국 남북전쟁에 이르는 시기)의 이상을 구현하여, 19세기 미국에서 명성을 날린 유명한 조각가이다. 활력이 넘치면서도 세련된 표현으로 많은 미국인의 사랑을 받았다.

외젠 마랭 라비슈(Eugène-Marin Labiche, 1815~1888) _ 281

프랑스 극작가. 19세기 프랑스를 대표하는 희극 작가로, 우화적인 근대 희극의 창시자, 보드빌 연극(17세기 말엽부터 프랑스에서 시작된 버라이어티 쇼 형태의 연극)의 황제로 불린다. 100편 이상의 작품을 발표했는데, 작품의 문학성과 대중성을 인정받아 아카데미 프랑세즈 회원으로 선출되는 영광을 누리기도 했다.

윌리엄 더럼(William Derham, 1657~1735) _ 23

영국 성직자, 과학자. 소리의 속도를 최초로 가장 합리적으로 측정한 과학자로 알려져 있다.

윌리엄 카를로스 윌리엄스(William Carlos Williams, 1883~1963) _ 96, 97

미국 시인, 의사. 과장된 상징주의를 배제하고 일상적인 언어로 주변 사물을 그대로 그려 낸 시인으로, 미국에서 가장 사랑받는 시인 중 한 명으로 꼽힌다. 그는 독자들이 시 속에 녹아 있는 자신의 시선을 통해 도덕이나 교훈보다는 '현실의 아름다움'을 보기를 원했다. 1963년에 퓰리처상을 수상했다.

월터 크롱카이트(Walter Cronkite, 1916~2009) _ 244

미국 언론인. 세계 최초의 텔레비전 앵커맨으로, '미국에서 가장 신뢰받는 공인'으로 불린다. 1960~1970년대 미국 TV 방송계를 지배한 '저널리즘의 제왕'으로 정확한 보도를 뉴스의 최고 가치로 삼았다. 린든 B. 존슨 대통령으로부터 러닝메이트 제의를 받기도 했다.

유세프 코문야카(Yusef Komunyakaa, 1947~) _ 315

미국 시인. 1994년 퓰리처상 수상자로, 흑인 문제와 시골에서의 삶, 베트남전쟁 등 다양한 주제로 시를 쓰고 있다.

잭 스파이서(Jack Spicer, 1925~1965) _ 74

미국 시인. 20세기 중반 샌프란시스코를 중심으로 활약했던 시인으로, 새로운 서정성을 만드는 데 힘을 기울였다. 그는 시가 마술, 오컬트와 깊이 얽혀 있다고 믿었으며, 시인을 다른 세상의 메시지를 전달하는 통로로 여겼다. 1965년, 샌프란시스코 종합병원의 빈곤 병동에서 알코올중독으로 사망했다.

재크(재커리 숌버그, Zachary Schomburg, 1977~) _ 288, 323, 350, 352~353, 358, 360

미국 시인, 예술가. 독립 출판사 'Octopus Books'의 발행인이자 편집자로, 일러스트레이터는 물론 벽화가로도 활동하고 있다.

제임스 볼드윈(James Arthur Baldwin, 1924~1987) _ 135

미국 소설가. 아프리카계 미국인으로, 현대 미국 문학사의 한 축을 담당한 작가이다. 어린 시절 양아버지의 학대와 인종차별로 많은 아픔을 겪었는데, 책이 읽고 싶어 백인 거주 지역의 도서관에 갔다가 백인 경찰들에게 짓이겨진 적도 있었다고 한다. 성인이 된 이후에는 흑인과 동성애자에 대한 차별에 회의를 느끼고 미국을 떠나

유럽 각지를 여행하다가, 1948년부터 프랑스에서 머물렀다. 여섯 편의 장편소설과 수많은 시, 에세이, 희곡 등을 남겼으며, 1986년에는 레지옹 도뇌르 코망되르 훈장을 받기도 했다. 1987년 위암으로 사망했다.

제임스 엘킨스(James Elkins, 1955~) _ 64

미국 미술사학자, 미술 평론가. 주로 미술, 과학, 자연의 형상에 대한 이론 및 역사에 관심을 갖고 집필 활동을 계속해 왔다. 그의 책 『그림과 눈물』은 "그림 앞에서 울어 본 사람들의 사연을 통해 그들의 심리를 분석하고 눈물의 원인을 추적"하고 있다.

제임스 테이트(James Tate, 1943~2015) _ 168

미국 시인. 미국 현대 시단을 대표하는 작가로, 전미도서상, 퓰리처상, 윌리엄 카를로스 윌리엄스 상 등을 수상했다. "무질서하게 펼쳐진 일상 속의 초현실적인 사건들로부터 유머와 삶의 아이러니, 슬픔을 기발하게 직조하는, 독특하고 견고한 시 세계"로 대중과 평단의 지지를 모두 받았다.

조앤 디디온(Joan Didion, 1934~) _ 171

미국 작가, 저술가. 사회 불안과 정치 스캔들 등 미국 사회의 어두운 부분을 대담하게 써 내려간 작가로, 오바마 정권 시절 인문학 훈장을 수상할 정도로 인정받고 있다. 조앤 디디온의 조카인 그리핀 던 감독이 연출한 인물 다큐멘터리 〈조앤 디디온의 초상〉(넷플릭스)에서 그의 삶과 작품을 자세히 엿볼 수 있다.

조지 레이코프(George Lakoff, 1941~) _ 243

미국 인지언어학자. 인지언어학의 창시자 중 한 사람으로, 국제인지언어학회의 초대 회장을 지냈다. 정치 담론의 프레임 구성에 대한 미국 최고의 전문가로, 미국의 사회적 쟁점을 둘러싼 진보와 보수의 프레임 전쟁에서 진보가 취해야 할 방법과 나아가야 할 방향을 제시했다. 특히 레이코프는 '은유(metaphor)'를 새로 정의한 것으로 유명하다. 즉 지금까지 서구 학계는 은유를 시인과 같은 특출한 재능을 가진 예술가들이 구사하는 '표현력'이나 '상상력'으로 간주해 왔다. 하지만 레이코프는 "인간의 인지 과정 자체가 본질상 은유적이며(은유 없이는 인지가 불가능하다), 은유는 인간의 체험이 축적되어 나오는 것"이라고 말했다.

존 베리먼(John Berryman, 1914~1972) _ 135

미국 시인, 학자. 20세기 미국 현대 시단을 대표하는 작가로, 일상에서 포착한 삶의 이면을 시로 빚어내는 데 탁월한 능력을 발휘했다. "나의 시가 이해되기를 바라지 않는다. 나의 시는 위로하기 위한 것이다."라는 말을 남긴 그는, 자기 비판적이고 고

백적인 시들을 많이 발표하기도 했다. 평생 동안 술을 많이 마시면서 우울증에 시달리다가 1972년 워싱턴 애비뉴 다리에서 뛰어내려 자살했다.

주디스 버틀러(Judith Butler, 1956~) _ 255, 263, 265
미국 철학자. 퀴어 이론의 창시자이자 페미니즘 이론가로, 정치 철학, 윤리학, 여성주의, 퀴어 이론, 문학 이론에 큰 영향을 준 학자이다. 성소수자 권리 운동과 정치 문제 등 현실 운동에도 적극적으로 참여해 왔으며, 최근에는 이스라엘·팔레스타인 분쟁에 대해 목소리를 높이는 등 이론적 실천의 폭을 확장하고 있다.

즈비그니에프 헤르베르트(Zbigniew Herbert, 1924~1998) _ 278~279
폴란드 시인, 수필가, 극작가. '폴란드 현대사의 자유와 저항의 상징'이자 '폴란드 국민 시인'으로, 생전에 여러 차례 노벨문학상 후보에 오르기도 했다. 나치와 스탈린 체제의 폭정과 검열에 항거해 작품을 쓰지 않거나 발표하지 않았던 기간이 길었는데도, 시집과 에세이집, 희곡집 등 20여 권의 책을 남겼다.

첼시 미니스(Chelsey Minnis, 1970~) _ 34
미국 시인. 유머러스하면서도 그로테스크한, 충격적이면서도 매혹적인 시를 쓰는 페미니스트 시인이다.

케이트 그린스트리트(Kate Greenstreet) _ 378
미국 시인, 비주얼 아티스트. 문학은 물론, 미술, 영상 분야에서도 탁월한 재능을 발휘하는 다재다능한 예술가이다. 직접 만든 영상을 DVD에 담아, 이를 시집과 함께 판매하기도 했다.

케이트 콜비(Kate Colby, 1974~) _ 378
미국 시인, 수필가. 미국 시 협회 등에서 다수의 상을 받았고, 매사추세츠에 있는 글로스터 작가 센터의 창립 이사로 활약했다. 7권의 시집을 냈으며, 현재 편집자로도 활동하고 있다.

크리스티나 샤프(Christina Sharpe) _137
미국 학자. 흑인 퀴어 연구, 19세기 중반 아프리카계 미국인 문학·문화 연구를 주로 하고 있다.

클로틸드 드 보(Clotilde de Vaux, 1815~1846) _ 173
철학자 오귀스트 콩트에게 영향을 준 것으로 알려진 여인으로, 작가로도 활동했다. 1844년, 콩트는 클로틸드의 높은 도덕성에 큰 감명을 받고 열렬히 구애했으나, 독실한 가톨릭 신자였던 클로틸드는 이를 거절했다. 클로틸드는 그를 만난 지 2년 만에 폐결핵으로 사망했다.

토니 아워슬러(Tony Oursler, 1957~) _ 224

미국 비디오 아티스트. 세계적인 비디오 아티스트로, 환경 문제, 대중매체가 인간에게 주는 영향, 정신이상 등을 주제로 예술 활동을 하고 있다. 한국, 영국, 프랑스, 캐나다 등 세계 각지에서 수많은 개인전과 단체전을 열었고, 현재는 뉴욕에 거주하며 작품 활동을 계속하고 있다.

토니 토스트(Tony Tost, 1975~) _ 50

미국 시인, 시나리오 작가, 프로듀서. 듀크대학에서 학생들을 가르치다가 학계를 떠나 할리우드에 작가이자 프로듀서로 진출한 특이한 경력의 소유자이다. 그의 어머니는 18세에 그를 낳았으며, 생물학적 아버지는 짧은 생애 대부분을 감옥에서 보냈다고 한다.

퍼트리샤 파라(Patricia Fara, 1948~) _ 243

영국 과학사학자. 케임브리지대학에서 과학의 역사와 철학을 가르치고 있다. 18세기 영국의 과학을 주로 연구하고 있으며, 대중을 위한 과학사 책도 꾸준히 저술하고 있다.

페데리코 가르시아 로르카(Federico García Lorca, 1898~1936) _ 74

에스파냐 시인, 극작가. 에스파냐가 배출한 20세기 가장 위대한 시인 중 한 사람으로 꼽힌다. 문학뿐 아니라, 음악, 미술, 연극 등 예술 전반에 걸친 다양한 활동으로 세계적인 명성을 얻었다. 에스파냐의 시적 전통을 계승하는 동시에 독특한 비유, 신비롭고 아름다운 분위기 등으로 문학 분야에서 천재성을 발휘했으며, 극단을 창단해 에스파냐 전통 연극을 공연하기도 했다. 1936년, 에스파냐내란 당시 극우주의자들에 의해 총살당하면서 짧은 삶을 마감했다.

프랑시스 알리스(Francis Alÿs, 1959~) _ 351

벨기에 화가, 사진작가, 퍼포먼스 예술가. 정치적·사회적 이슈를 주제로 한 작품을 많이 창작했다. 1987년 벨기에 정부가 주관한 멕시코 지진 피해 복구 봉사 활동에 참여했다가 멕시코에 정착하여 예술 활동을 계속하고 있다. 특히 2000년 페루에서는 거대 모래언덕을 옮기는 프로젝트를 행하기도 했다. 500명가량의 자원봉사자들과 함께 모래언덕을 10센티미터 정도 옮겼는데, 이는 아무리 우스꽝스럽고 말도 안 되는 일이라 할지라도 신념을 가지고 노력한다면 이룰 수 있다는 메시지를 주었다.

프랑크 앙드레 잠(Franck André Jamme, 1947~2020) _ 197

프랑스 시인, 예술가. 15권의 시집을 출간했으며, 탄트라 그림을 연구하는 인류학자로도 활동했다.

프랭크 오하라(Frank O'Hara, 1926~1966) _ 193, 303~304

미국 작가, 예술 비평가. 뉴욕에서 활동한 예술가·작가 집단인 뉴욕 시파의 주요 인물이다. 재즈, 초현실주의, 액션 페인팅 등 예술 전반에서 영감을 받아 작업했으며, 많은 예술가와 교류하며 활발하게 활동했다. 1966년 갑작스러운 교통사고로 사망했다.

하트 크레인(Hart Crane, 1899~1932) _ 135, 187

미국 시인. 30년 남짓한 짧은 생애를 살았지만 그 시대 가장 영향력 있는 시인 중 한 사람이자 천재 시인으로 꼽힌다. '미국의 신화'를 긍정적으로 그렸으며, 날카로운 언어 감각으로 신비적·감각적 실험을 대담하게 시도했다. 취재 여행차 멕시코에 갔다가 돌아오던 중 카리브해로 뛰어들어 자살했다.

훌리오 코르타사르(Julio Cortázar, 1914~1984) _ 164~165

아르헨티나 소설가. 라틴아메리카 소설을 널리 알리며 '라틴아메리카 붐'을 일으킨 작가로, 환상적인 단편집으로 세계적인 명성을 얻었다. 그의 작품 『돌차기 놀음(Rayuela)』은 20세기를 대표하는 전위소설의 하나로 꼽힌다.

작품 출처

p. 31 The image of Mary Ann Vecchio crying out over Jeffrey Miller at Kent State is included by permission of the photographer, John Filo.

p. 32 The image of Yi-Fei Chen with tear gun appears by permission of Chen and the photographer, Ronald Smits. © Ronald Smits Photography / www.RonaldSmits.nl

p. 34 Excerpt from "January 1, 1997 (New Year's Day)" from 『Letters to Wendy's』. Copyright © 2000 by Joe Wenderoth. Used with permission from the author and Wave Books.

pp. 34~35 "A woman is cry-hustling a man & it is very fun" from 『Poemland』. Copyright © 2009 by Chelsey Minnis. Used with permission of the author and Wave Books.

p. 50 Excerpt from "Swans of Local Waters" from 『Invisible Bride』. Copyright © 2002 by Tony Tost. Used with permission from the author and Louisiana State University Press.

p. 51 Excerpt from "Elephants in Mourning" from 『My Dead』, Octopus Books (2013), www.octopusbooks.net, used with permission of Amy Lawless.

p. 59 In the United States and Canada: "142 [friends]" from 『If Not, Winter: Fragments of Sappho』 by Sappho, translated by Anne Carson, copyright © 2002 by Anne Carson. Used by permission of Alfred A. Knopf, an imprint of the Knopf Doubleday Publishing Group, a division of Penguin Random House LLC. All rights reserved. In Germany: "142 [friends]" from 『If Not, Winter: Fragments of Sappho』 by Sappho, translated by Anne Carson, copyright © 2002 by Anne Carson. By permission of The Marsh Agency Ltd. on behalf of Anne Carson.

p. 74 Excerpt from 『After Lorca』 included by permission of Peter Gizzi, Executor for the Estate of Jack Spicer. It is from 『My Vocabulary Did This to Me: The Collected Poetry of Jack Spicer』, editors Peter Gizzi and Kevin Killian.

p. 76 Excerpts from "I have dreamed of you…" Desnos translation © Paul Auster 1982.

p. 91 "Don't trust anyone" tweet appears by permission of Paige Lewis.

p. 96 Throughout the world excluding the UK and British Commonwealth: "The Last Words of My English Grandmother [First Version]" (9-line excerpt), by William Carlos Williams, from 『The Collected Poems: Volume I, 1909-1939』, copyright © 1938 by New Directions Publishing Corp. Reprinted by permission of New Directions Publishing Corp.
In the UK and British Commonwealth (excluding Canada): 'The Last Words of My English Grandmother' by William Carlos Williams (『Collected Poems: Volume I, 1909-1939』, 1987) is copyrighted and reprinted here by kind permission of Carcanet Press Limited, Manchester, UK.

p. 124 Excerpts from 『Thank You, Terror and Dream Delivery Service』 appear by permission of Mathias Svalina.

p. 137 "You should know a 12 year-old boy's murder" tweet appears by permission of Ashley C. Ford.

p. 144 Lucille Clifton, "reply," from 『The Collected Poems of Lucille Clifton』. Copyright © 1991 by Lucille Clifton. Reprinted with permission of The Permissions Company, Inc., on behalf of BOA Editions, Ltd., www.boaeditions.org.

p. 161 Excerpt from Adriana Ader-Apels, “From the Deep Waters of Sleep,” © Erik Ader, included by his permission.

p. 168 Excerpt from “Coda” by James Tate included by permission of Dara Wier.

p. 187 “Chaplinesque,” from 『The Complete Poems of Hart Crane』 by Hart Crane, edited by Marc Simon. Copyright © 1933, 1958, 1966 by Liveright Publishing Corporation. Copyright © 1986 by Marc Simon. Used by permission of Liveright Publishing Corporation.

p. 197 “T O B E” is from 『New Exercises』. Copyright © 2008 by Franck André Jamme and Charles Borkhuis. Used with permission of the author and Wave Books.

p. 198 Excerpt from “Gold Leaf ” from 『Wild Is the Wind』 by Carl Phillips. Copyright © 2018 by Carl Phillips. Reprinted by permission of Farrar, Straus and Giroux.

p. 241 Excerpt from “The Moon Is a Moon,” published in 『Oubliette』. Copyright © 2001 by Peter Richards. Used with permission of the author and Wave Books.

p. 268 Bas Jan Ader, still from 『I’m Too Sad to Tell You』 © 2018 Estate of Bas Jan Ader / Artists Rights Society (ARS), New York.

p. 288 Excerpt from “Right Man for the Job” appears by permission of Zachary Schomburg.

p. 291 Throughout the world excluding the UK, British Commonwealth, and Europe: “November 5” from “Mourning Diary: October 26, 1977-June 21, 1978” from 『The Mourning Diary』 by Roland Barthes, translated by Richard Howard. Translation copyright © 2010 by Richard Howard. Reprinted by permission of Hill and Wang, a division of Farrar, Straus and Giroux.

p. 292 Excerpts from "I began the day looking up at the whiteboard," from 『Calamities』. Copyright © 2016 by Renee Gladman. Used with permission of the author and Wave Books.

p. 315 Excerpt from "Facing It," from 『Neon Vernacular』, Copyright © 1993 by Yusef Komunyakaa. Published by Wesleyan University Press and reprinted with permission.

p. 350 Image of Sara Weed's memorial sculpture, © Paula Lemire.

p. 374 Lyrics to "May There Always Be Sunshine" by Lev Oshanin (translated by Tom Botting) appear by permission of Lev Oshanin's heirs.

p. 389 "lighght," Copyright © 1966 by Aram Saroyan. Used by permission of the author.

북트리거 포스트

북트리거 페이스북

더 크라잉 북

지극한 슬픔, 은밀한 울음에 관하여

1판 1쇄 발행일 2021년 5월 17일

지은이 헤더 크리스털 | **옮긴이** 오윤성
펴낸이 권준구 | **펴낸곳** (주) 지학사
본부장 황홍규 | **편집장** 윤소현 | **팀장** 김지영 | **편집** 양선화 강현호 이인선
기획·책임편집 윤소현 | **디자인** 정은경디자인
마케팅 송성만 손정빈 윤술옥 이예현 | **제작** 김현정 이진형 강석준 방연주
등록 2017년 2월 9일(제2017-000034호) | **주소** 서울시 마포구 신촌로6길 5
전화 02.330.5265 | **팩스** 02.3141.4488 | **이메일** booktrigger@naver.com
홈페이지 www.jihak.co.kr | **포스트** http://post.naver.com/booktrigger
페이스북 www.facebook.com/booktrigger | **인스타그램** @booktrigger

ISBN 979-11-89799-47-2 (03840)

북트리거

트리거(trigger)는 '방아쇠, 계기, 유인, 자극'을 뜻합니다.
북트리거는 나와 사물, 이웃과 세상을 바라보는 시선에
신선한 자극을 주는 책을 펴냅니다.